RUTH LANGAN
El amor del pirata

Editado por HARLEQUIN IBÉRICA, S.A.
Núñez de Balboa, 56
28001 Madrid

© 1998 Ruth Ryan Langan. Todos los derechos reservados.
EL AMOR DEL PIRATA, N° 8 - 21.11.13
Título original: Blackthorne
Publicada originalmente por Harlequin Enterprises, Ltd.
Este título fue publicado originalmente en español en 2008

Todos los derechos están reservados incluidos los de reproducción, total o parcial. Esta edición ha sido publicada con permiso de Harlequin Enterprises II BV.
Todos los personajes de este libro son ficticios. Cualquier parecido con alguna persona, viva o muerta, es pura coincidencia.
® Harlequin y logotipo Harlequin son marcas registradas por Harlequin Books S.A.
® y ™ son marcas registradas por Harlequin Enterprises Limited y sus filiales, utilizadas con licencia. Las marcas que lleven ® están registradas en la Oficina Española de Patentes y Marcas y en otros países.

I.S.B.N.: 978-84-687-3657-0
Depósito legal: M-23854-2013

Uno

El hombre del mar. El ángel oscuro
Cornwall, 1662

Las sombras se cernían sobre las verdes colinas. Las ovejas pastaban. Los labradores, exhaustos tras la jornada de trabajo, se detuvieron un momento para observar a un elegante carruaje que se dirigía a la mansión que se divisaba a lo lejos.

—Entonces ha vuelto el corazón negro —un anciano se apoyó en el bastón y se volvió hacia su hijo—. No basta con que haya asesinado a su prometida y arrojado a su hermano a los acantilados, dejándolo mudo y lisiado. Tampoco importan los crímenes cometidos en el extranjero. Su padre tuvo que arreglar todo el desastre, pero ahora vuelve como si nada, pensando que su amistad con el rey le da derecho a reclamar la herencia como si nada hubiera ocurrido.

—¿Y quién va a detenerlo? —dijo el joven.

—Sí. ¿Quién? Los ricos tienen sus propias reglas —los ojos del anciano miraron con desconfianza.

El carruaje se detuvo en el patio central de la mansión.

—Se enriquece a costa de nuestra sangre y sudor, pero compadezco a aquéllos que han de vivir en Blackthorne.

—¡Dios mío! Ha llegado el señor —dijo la señora Thornton.

El ama de llaves dio una palmada y empezó a llamar a los sirvientes. Cuanto más nerviosa se ponía, más aguda era su voz.

—Edlyn, holgazana, deja de contonearte y ponte en marcha.

Los sirvientes salieron por la puerta principal y formaron una fila en el patio. La señora Thornton y Pembroke, el mayordomo, dieron un paso adelante. Juntos ofrecían una imagen pintoresca. La señora Thornton era alta y regordeta, y llevaba un delantal atado alrededor de la cintura. La cofia dejaba entrever unos rizos de plata. Pembroke, por el contrario, era alto y delgado como un palillo, y aún tenía el pelo negro. La voz de ella era como el chirrido de ruedas oxidadas, mientras que la de él tenía cierta distinción mayestática.

El cochero detuvo el carruaje, bajó y abrió la

puerta. Una figura embozada salió del vehículo, sin apenas mirar a los sirvientes.

—Bienvenido a casa, milord —dijo Pembroke, después de un ligero carraspeo.

—Espero que el viaje haya sido agradable —añadió el ama de llaves—. Permitidme que os presente a los sirvientes, milord.

Pembroke se volvió hacia ellos para comprobar que las sirvientas hacían la reverencia esperada y que los muchachos se quitaban el sombrero.

Lord Stamford los miró de uno en uno e hizo un leve gesto a modo de saludo. Entonces se dio la vuelta hacia un niño que acababa de salir del carruaje.

Pembroke permaneció impasible, pero sus ojos recorrieron la piel bronceada, el pelo color azabache y los grandes ojos negros del muchacho.

Por su parte, el muchacho miró a su alrededor, impresionado ante aquella fortaleza rodeada de maravillosos jardines. El cochero empezó a sacar el equipaje y en cuanto Pembroke chasqueó los dedos los sirvientes corrieron a ayudarle.

—Seguro que deseáis cenar, milord —dijo la señora Thornton, algo nerviosa.

—No. En absoluto.

—Vuestra habitación está lista, milord. Hemos preparado los aposentos de vuestro abuelo —añadió al verle dirigirse hacia la entrada.

Lord Stamford se detuvo.

—Preferiría mis propios aposentos, señora Thornton.

—Vuestros antiguos..., pero, milord, disculpadme. Creo que son un poco pequeños para... Bueno, ahora que vos sois el nuevo dueño de la mansión...

Él se dio la vuelta y la feroz expresión de su rostro la hizo retroceder.

—Enseguida, milord. Yo misma me ocuparé de ello.

Stamford asintió fríamente.

—Voy a visitar la tumba de mi abuelo, Pembroke.

—Por supuesto, milord. ¿Mañana?

—Ahora.

Pembroke tragó con dificultad.

—Yo mismo os llevaré, pero quizá prefiráis saludar a vuestro hermano antes. Cuando se enteró de vuestro regreso, se puso muy contento.

Quenton levantó la vista y vio a un hombre que miraba desde una ventana. A la luz de la lumbre, tenía la palidez de un fantasma.

Lord Stamford suspiró sin mucha emoción.

—Iré ahora.

Los dos hombres se disponían a entrar cuando la señora Thornton se armó de valor para preguntar.

—¿Y el muchacho, milord? ¿Dónde le acomodamos?

Él se encogió de hombros.

—En el ala este, supongo.

—Por supuesto, milord. —el ama de llaves miró

al chico, inmóvil junto al carruaje—. Vamos. Te enseñaré tu habitación.

El niño acompañó al ama de llaves hasta el flamante recibidor y quedó deslumbrado al ver las arañas de luces, iluminadas con miles de velas. Cuando empezaron a subir las escaleras miró con interés los hermosos tapices que recubrían las paredes.

—¿Tenéis hambre, chico? —ella no sabía cómo llamarlo, ya que el señor no se había molestado en presentarlo.

Él asintió tímidamente.

—Bueno, después de enseñaros vuestra habitación, haré que os traigan algo de comer.

Cuando llegaron al ala este, la señora Thornton abrió unas puertas de par en par y lo hizo entrar en un conjunto de habitaciones que incluía una sala de estar y un dormitorio.

—Ésta es Edlyn.

Una sirvienta con cara de pocos amigos dejó de atender el fuego y se puso en pie, alisándose la falda.

—Esta señorita tan amable os ayudará a deshacer la maleta y a poneros cómodo.

El muchacho sonrió sin saber muy bien por qué.

—¿Y cuál es vuestro nombre, jovencito? —preguntó Edlyn.

—Liat —su voz era muy musical.

El chico fue hacia el balcón y se subió a un muro para contemplar las verdes llanuras que se extendían a sus pies.

—¿Liat? ¿Qué clase de nombre pagano es ése? —murmuró el ama de llaves para sí antes de presignarse con un suspiro—. Haré que os traigan la cena.

Cuando salió de la habitación su mente estaba llena de pensamientos encontrados. Habían pasado muchas cosas en muy poco tiempo. El último conde había sido muy querido hasta su inesperada muerte. Todo el mundo sabía que su sobrino se había negado a regresar del mar para hacerse cargo de las propiedades. Ya había habido rumores respecto al retorno de lord Stamford, y como si eso fuera poco, había llevado consigo a un niño de dudoso origen.

La pobre señora Thornton ya no sabía qué pensar, pero sí había algo que sabía con certeza: la vida en Blackthorne nunca volvería a ser la misma.

Oxford, 1662

El cementerio no era más que una pequeña explanada sobre la colina que rodeaba la capilla del pueblo. A través de la espesa niebla se vislumbraban los tejados de los edificios de la universidad y un sinfín de casas pintorescas acurrucadas en el verdor del valle.

El vicario, un hombre de corta estatura, comenzó un discurso destinado a consolar a los desposeídos, pero aquellas palabras gastadas tenían poco significado para Olivia St. John, que lloraba desconsolada con la cabeza gacha.

Aquello no tenía sentido. Sus padres habían fallecido durante una pequeña excursión. Estaban en la flor de la vida, llenos de fuerza y juventud, pero se habían marchado en un abrir y cerrar de ojos. Y Olivia estaba sola.

Esas palabras retumbaron en su cabeza como una letanía interminable. No tenía abuelos, ni hermanos o hermanas. Estaba totalmente sola, y no podía contar con sus tíos, que eran unos completos extraños. Olivia miró a la hermana de su madre, Agatha, lady Lindsey, de pie junto a su esposo Robert, un hombre desagradable. Cuando bajaron los féretros hacia el interior de las fosas, ambos se dieron la vuelta y echaron a andar hacia el carruaje. En ese preciso instante, el cielo se oscureció y empezó a llover.

Olivia se quedó inmóvil. La fría lluvia empapó su ropa y convirtió las fosas en charcos de lodo.

«Los ángeles están llorando...».

Eso solía decir su madre.

El enterrador empezó a echar tierra sobre los féretros, pero la joven no apartó la vista ni un segundo. Se quedó allí, de pie, llorando como si se le fuera a romper el corazón.

—Vamos, chica. Tu tía podría resfriarse —su tío la agarró de la muñeca y la hizo volverse.

En cuanto se sentó, la fusta cortó el aire y el carruaje se puso en marcha.

Las palabras de su tía se clavaron en el maltrecho corazón de Olivia.

—Le dije a Margaret que no debía casarse con ese hombre, pero no me hizo caso. Su herencia no ha sido bien administrada.

—¿Herencia?

—Queda muy poco de ella. Prácticamente estás arruinada.

—Tuvimos que vivir de forma muy austera, tía Agatha. Mamá dijo que su dinero estaba en Londres, y que vos y el tío Robert os ocupabais de ello.

Los labios de su tío dibujaron una mueca.

—Por suerte, jovencita. De lo contrario no quedaría nada. Si no hubiera sido por el cuidadoso escrutinio de nuestro hijo Wyatt, el loco de tu padre habría despilfarrado la fortuna de tu madre hace muchos años.

—Papá no tenía ningún interés en el dinero de mamá.

—Eso estaba muy claro —dijo la tía de Olivia—. Tal y como están las cosas apenas queda dinero para tu manutención, pero creo que podremos sacar algo de la venta de la casa de campo.

Su esposo resopló disgustado.

—Según el vicario, no podremos hacerlo porque tu sobrina insiste en regalarla.

—¿Regalarla?

Ante la protesta de su tía, Olivia trató de mantener la calma.

—Ya se la he ofrecido a la viuda Dillingham, que es una buena amiga de la familia. Desde la muerte de su hijo, nadie se ha ocupado de ella. Sé que mamá y papá hubieran querido compartir lo poco que tenían con ella.

—No importa —su tío la hizo callar con un gesto—. No sacaríamos mucho. No es más que una casucha.

Aquellas palabras crueles hirieron el corazón de Olivia.

—Es el único hogar que he conocido.

—Y ahora no tienes ninguno —dijo Agatha con impaciencia—. Por respeto a la memoria de mi hermana, tendré que llevarte de vuelta a Londres.

—Eso no es necesario. Puedo cuidar de mí misma aquí en Oxford. No quiero ser una carga, tía Agatha.

—Y yo tampoco dejaría que lo fueras —sus ojos brillaron con malicia y la miró de arriba abajo.

Un vestido sencillo, botas raídas, un abrigo gastado... La joven tampoco era gran cosa. Su cuerpo pequeño y delgado apenas dejaba ver curvas femeninas. El cabello, oscuro y mojado, sobresalía por debajo del sombrero. Si la chica había heredado la belleza de su madre, la escondía muy bien. Quizá tuviese el carácter excéntrico de su padre. ¿Cómo podría encajar en el mundo selecto de las damas de Londres, con sus títulos nobiliarios y riqueza ilimitada? Agatha pensó en sus propios hijos. Su hija, Catherine, estaba comprometida con el conde de Gathwick, y su hijo, Wyatt, tenía el talento necesario para amasar una fortuna. Gracias al cuidadoso manejo de sus propiedades, los había convertido en una de las familias más prósperas de Inglaterra, e incluso había recibido una invitación del rey.

—Por lo menos puedes ganarte el pan. El vicario nos dijo que tienes una mente espabilada y que tu padre se ocupó de tu educación. Creo que puedo encontrarte un empleo con una de las mejores familias de Londres.

Olivia recordó aquella ciudad que había visitado años atrás. Filas de casas interminables, el ruido de carruajes por callejuelas estrechas e inmundas, vendedores ambulantes, desfiles, parques llenos de niños y sirvientas... La joven había regresado a la tranquilidad de su casa de campo con gran alivio.

—No puedo irme a Londres. Prefiero quedarme aquí.

—Eso está fuera de discusión. Como soy la única pariente de tu madre, no tengo elección.

El carruaje de detuvo frente a una modesta casa de campo.

—Recoge tus cosas, chica —dijo Agatha sin más.

—¿Ahora?

—Claro —prosiguió Agatha—. ¿Pensabas que haríamos otro viaje para venir a buscarte?

—Pasad, por favor —Oliva trató de guardar las

formas—. ¿Os apetece una taza de té mientras hago las maletas?

La respuesta de Agatha fue de lo más escueta.

—No, chica. Date prisa —se cruzó de brazos—. Estamos impacientes por regresar a Londres. Ya hemos tenido bastantes infortunios.

Olivia respiró aliviada al ver que su tía rechazaba la invitación. Necesitaba estar sola un momento para poner en orden sus pensamientos y llenarse del aroma de su hogar. Su pobre corazón necesitaba un momento de abandono.

En cuanto cerró la puerta, sus ojos se volvieron a llenar de lágrimas. Ése siempre había sido su hogar. Un hogar lleno de amor... Deslizó la mano por la estantería que contenía los valiosos manuscritos de sus padres. Ella misma le había dado instrucciones al vicario para que los documentos fueran donados a la universidad.

Otros quizá pensaran que los St. John eran raros, pero los intelectuales los tenían en gran estima. Sus padres solían pasear por el campo para observar a los animales, dibujando todo tipo de criaturas salvajes y escribiendo en un diario.

Olivia, por su parte, los adoraba a los dos y había disfrutado mucho de su compañía.

Al oír el impaciente relinchar de los caballos, corrió a su habitación y se dispuso a hacer las maletas. No tenía mucho que llevar consigo. Sus pertenencias se reducían a un vestido gris y otro azul, un chal, un sombrero y un quitasol. La viuda Dillingham se encargaría de distribuir el resto entre los más necesitados del pueblo.

De pronto fue a la habitación de sus padres y dobló el cubrecama bordado que yacía a los pies de la cama. Su madre lo había hecho antes de casarse. Olivia lo apretó contra su rostro y aspiró el aroma que aún quedaba entre los pliegues.

—¿Estás lista? —la voz de su tío sonaba irritada.

Olivia volvió a su habitación y recogió la maleta. Miró a su alrededor por última vez y se le hizo un nudo en la garganta. ¿Cómo podría dejarlo todo atrás? ¿Cómo podría dejar sus recuerdos, su infancia... su vida?

Echó un vistazo a las dos mecedoras que había hecho su padre. Aún podía oír la voz de su madre.

«La mente es un regalo maravilloso, Livy. En ella llevamos todos los tesoros de la vida. Toda la alegría, todo el amor... Si están bien guardados, estarán ahí cuando los necesitemos, para recordar y volver a vivir».

—Vamos —dijo su tío, algo impaciente.

Olivia levantó la barbilla y salió al exterior. El cochero la ayudó a entrar y guardó el equipaje. En cuanto su tío Robert se sentó al lado de su esposa, emprendieron el camino.

Olivia miró atrás por última vez. En cuanto tomaron una curva, la pequeña casa de campo se perdió en la lejanía y la joven tuvo que bajar la vista. Y en cuanto vio la fría mirada de su tía, se mordió el labio inferior hasta probar el sabor de la sangre.

Estaba decidida a no dejarles presenciar otro momento de debilidad, pero en cuanto cerró los ojos, la invadieron los recuerdos de sus padres, que no se habían marchado del todo, pues siempre vivirían en su corazón.

Dos

—Disculpadme, milord —la señora Thornton tragó con dificultad al entrar en el despacho de lord Stamford.

—¿Qué pasa? — él levantó la vista del escritorio.

—Es el chico, señor.

—¿Qué pasa con él?

El ama de llaves se encogió de hombros. Llevaba días ensayando, pero no le salieron las palabras al tenerlo delante.

—¿Y bien? —su voz sonaba ligeramente enojada—. ¿Está enfermo?

—No, milord. Pero no hay nadie que se ocupe de él.

—Entonces decidle a un sirviente que se ocupe.

—Lo he hecho.

Lord Stamford agarró la pluma y la señora empezó a hablar más deprisa.

—Le he dicho a Edlyn que cuide de él, pero ella no hace más que lo necesario. Además, tiene que ocuparse de sus obligaciones en la casa y es muy fácil olvidarse de un niño tan tranquilo. Y, permítame que le diga, milord, que no es bueno que un muchacho pase todo el día en su habitación. Está un poco pálido y podría enfermar.

—Tonterías. Yo le fui a ver anoche y no encontré nada anormal —volvió a mirar los libros de cuentas que estaban sobre el escritorio.

—Hay algo más, milord.

Él esperó un poco antes de levantar la vista.

—El chico parece listo, pero necesita que le eduquen.

—Tiene razón. Por supuesto. ¿Quizá en un internado?

—No, milord. No debe de tener más de cuatro o cinco años.

La señora hizo una pausa, con la esperanza de oír la edad exacta del niño, pero al ver que él no se molestaba en responder continuó.

—Es demasiado joven para mandarle fuera.

Lord Stamford se estaba impacientando.

—¿Y qué me sugerís, señora Thornton?

—Una niñera, milord. Alguien que pueda cuidarle y educarle al mismo tiempo. Parece la mejor solución.

—Una niñera… —parecía estar considerando la posibilidad.

Finalmente asintió con la cabeza.

—Una institutriz. Ocupaos de ello.

—Pero… ¿Cómo, milord?

Lord Stamford pasó la página del libro de cuentas y se acercó una vela.

—No sé cómo se hacen esas cosas. Decidle a los sirvientes que pregunten por ahí. Quizá haya alguien en un pueblo cercano…

—La mayoría de ellos no sabe mucho más que Edlyn, milord —la señora hizo una pausa—. Yo tengo una prima en Londres. Quizá ella podría preguntar…

—Excelente. Adelante, señora Thornton.

El ama de llaves se le quedó mirando un instante y él volvió su atención hacia el libro de cuentas.

Un rato después, la señora Thornton bajó al piso inferior. Sus obligaciones parecían aumentar por momentos. Desde el regreso de Lord Stamford, la vida se había vuelto muy complicada.

Londres

Olivia bajó la escalinata de la suntuosa casa de sus tíos y siguió las instrucciones que le había dado Letty, una anciana sirvienta.

—Os reconocí enseguida, señorita —la de Letty

fue la primera sonrisa auténtica que había visto en muchos días.

—¿Y cómo me reconocisteis?

—Bueno, vos sois igual que vuestra madre.

—¿Vos conocisteis a mi madre?

—Oh, sí, señorita. Era tan simpática y dulce. Los sirvientes la echamos mucho de menos cuando se marchó para casarse con el profesor.

—¿Es que mi madre vivía en esta casa tan hermosa?

—Por supuesto. ¿No lo sabía?

Olivia se sorprendió.

—Ella no me contaba muchas cosas de su infancia. Yo sabía que había cosas que le hacían daño.

—Ella y su hermana... —Letty se lo pensó mejor y terminó la frase de otra manera—. Eran muy distintas —miró a su alrededor, algo nerviosa—. Tenéis que marcharos ahora, señorita. No debéis hacer esperar a lady Agatha.

—Gracias, Letty. Espero que podamos hablar luego.

—Claro, señorita. Me encantaría. Vos me recordáis mucho a vuestra madre.

—Gracias, Letty —le dijo por encima del hombro—. Eso es lo más bonito que me han dicho en mucho tiempo.

Aquella fue la primera vez que Olivia vio la casa. Su tía se había empeñado en hacerla permanecer en la habitación de huéspedes, y había dado órdenes a los sirvientes para que le llevaran la cena allí. La joven no había tenido inconveniente, ya que su llegada había sido de lo más desagradable. Llovía a cántaros y su tía no hacía más que quejarse de la importuna muerte de su hermana y su cuñado. Olivia había tenido que morderse la lengua para no contestar.

El viaje había sido incómodo, pero la llegada a Londres había sido mucho peor. Una elegante joven vestida de rosa había recibido a sus padres quejándose de falta de sueño.

En cuanto le presentaron a Olivia, Catherine puso la misma expresión de disgusto de su madre y, tras saludarla con un gesto afectado, se retiró sin decir nada más.

Pero era un nuevo día. Los pájaros cantaban y la luz del sol había espantado a las nubes. Olivia decidió echarle la culpa del mal humor de su prima al inesperado giro de los acontecimientos. Después de todo, si ella estaba conmocionada por la muerte de sus padres, Agatha debía estar igual de afectada por la muerte de su hermana. Harían falta unos días para que madre e hija cambiaran de actitud.

Olivia se detuvo ante el salón comedor y respiró la fragancia del pan recién hecho. La carne humeaba sobre una bandeja de plata. La joven se paró en el umbral, y con una sonrisa en los labios, se alisó la larga falda del vestido color gris. Entonces dio un paso adelante y vio a un hombre alto, de tez bronceada, que iba hacia su tía Agatha.

—¡Wyatt! —con una sonrisa, lady Agatha saltó de la silla y le dio un abrazo a su hijo—. Oh, ¿cuándo llegaste? Déjame que te vea.

Olivia volvió a salir y se apoyó contra la pared. No le parecía correcto presentarse en ese momento. A pesar de estar hambrienta, decidió posponer su irrupción hasta que la familia hubiera tenido un momento de intimidad.

—Mi barco llegó a puerto hace dos semanas —dijo su primo.

—¿Dos semanas? ¿Y entonces por qué has esperado hasta ahora para venir? —preguntó Robert, extrañado.

—Tenía negocios de los que ocuparme, padre.

—Claro —el tono de lady Agatha delataba su parcialidad—. Si un hombre quiere tener éxito, tiene que anteponer los negocios a todo lo demás.

—Siempre me habéis dicho lo mismo, madre. Ahora tengo más éxito que nunca. Y ahora, contadme. ¿Qué ha pasado durante mi ausencia?

—Papá y mamá tuvieron que ir a Oxford para enterrar a la hermana de mamá —dijo Catherine—. Y no te imaginas a quién trajeron consigo.

Antes de que Wyatt pudiera contestar, la muchacha continuó.

—Una prima solterona y pueblerina.

Olivia sintió una ola de rubor, y se llevó las manos a las mejillas, que ardían de vergüenza.

—Os lo advierto, madre. No voy a dejar que esa horrible criatura se ponga mi ropa.

—Será sólo durante unos días, Catherine, hasta que el sastre le haga algunos vestidos para reemplazar los harapos que trajo.

—Por mí puede ir desnuda, pero no voy a compartir mis cosas con ella. ¿Y por qué la habéis puesto en la habitación de invitados?

—¿Y dónde sugieres que la ponga? ¿En las habitaciones de los sirvientes?

—Le vendría mejor. ¿Acaso lo habéis olvidado, madre? Ian y su familia van a venir a visitarnos muy pronto. No voy a presentársela al conde de Gathwick. Antes muerta que dejar que él y su madre sepan que somos parientes de esa muerta de hambre.

—No te preocupes, princesa mía. Nada va a estropear tu relación con el conde y su familia —dijo Agatha, tratando de consolarla—. Tu padre y yo tampoco queremos que se quede aquí. Buscaré a alguien que nos la quite de encima, aunque tenga que limpiar establos para ganarse el pan.

Horrorizada ante lo que acababa de oír, Olivia retrocedió, decidida a esconderse en la suite de invitados hasta que pudiera hacer las maletas y abandonar ese lugar. Con una mano sobre los labios temblorosos, corrió por el pasillo, seguida de un rastro de crueles carcajadas.

Unos minutos más tarde, alguien se acercó a la puerta de su dormitorio.

—Aquí está nuestra pequeña ratita.

Olivia estaba haciendo la maleta a toda prisa cuando una voz llegó a sus oídos.

Al levantar la vista se encontró con un hombre alto y delgado que la miraba a través de unos profundos ojos azules. Estaba apoyado contra el marco de la puerta, de brazos cruzados.

—Supuse que después de oírlo todo, estaríais haciendo la maleta.

—¿Cómo sabíais que...? —Olivia se sonrojó, bajó la vista y siguió con la maleta.

—Una falda asomaba por detrás del umbral. ¿Quién sino nuestra prima habría huido sin presentarse?

—Parecéis algo molesto. ¿Es por eso que estáis aquí? ¿Para acusarme de escuchar a escondidas? —dobló su vestido azul, aquél que iba a ponerse esa noche para cenar con sus tíos y primos.

—Al contrario. Estoy avergonzado por el comportamiento de mi hermana y he venido para disculparme —fue hacia ella y le extendió una mano—. Hola, prima. Soy Wyatt Lindsey. ¿Podemos empezar de nuevo?

Durante unos segundos Olivia se quedó mirando aquella mano y después levantó la vista. A pesar del elegante corte de su ropa, su sonrisa era algo aniñada. La joven notó que él era consciente de sus encantos, y que estaba acostumbrado a hacer uso de ellos.

—Supongo que sí —le estrechó la mano—. Soy Olivia St. John.

Él le sostuvo la mano más tiempo del que era necesario, hasta que ella, algo turbada, se apartó.

Wyatt dejó escapar una carcajada al ver el rubor en sus mejillas, aunque era imposible saber si se sentía halagada por su atenciones, o si se trataba de rabia.

Estaba algo sorprendido. Cuando Catherine había hablado de su prima, había descrito a una solterona y él se había imaginado que se trataba de una mujer mucho mayor. Que una criatura tan maravillosa continuara soltera era todo un misterio que él se había propuesto desentrañar antes de regresar a su casa de campo.

Wyatt miró la maleta.

—¿Por qué os marcháis?

—Prefiero marcharme de un lugar donde no soy bienvenida.

—Quizá podría… echaros una mano —tocó un negro mechón de pelo que se había soltado del moño de Olivia.

La joven se apartó inmediatamente.

—No creo que podáis serme de mucha ayuda.

Él sonrió. Ella no iba a ponérselo fácil, pero no importaba. Los desafíos eran más divertidos.

Wyatt se quitó el abrigo y se sacó un documento

de un bolsillo. Entonces fue hacia el escritorio y, tras desenrollar el papel, le entregó una pluma.

—Primero tenéis que firmar.

Confundida, Olivia se acercó.

—¿Qué es?

—Nada importante. Simplemente nombra al tutor de vuestros bienes.

—¿Mis bienes? —la joven soltó una carcajada irónica—. Vuestros padres me dijeron que no tenía nada.

—Y así es. Sólo se trata de un formalismo. Pero como soy abogado, prefiero que todo esté en regla. Firmad aquí.

Olivia examinó el documento y sacudió la cabeza.

—La cabeza me da vueltas. Prefiero tomarme mi tiempo y leerlo. Si no os importa dejarlo...

Su sonrisa, cálida y dulce, se tornó peligrosa. Dio un paso adelante y la vio retroceder ante él. Entonces dio otro paso y ella hizo lo mismo hasta quedar acorralada contra la pared.

—No creo que queráis hacerme enfadar, prima. Los ricos aristócratas de Londres no tienen secretos para mí —apoyó las palmas a ambos lados de Olivia y se acercó tanto que sus labios estaban a unos centímetros de los de la joven—. Yo podría conseguiros un empleo si vos... os portarais bien conmigo.

Indignada, Olivia trató de apartarle, pero era demasiado fuerte.

—Puede que sea una chica de pueblo y que no esté acostumbrada a Londres, pero entiendo lo que estáis insinuando y no quiero tener nada que ver en ello.

En el último momento Olivia apartó la cara, y los labios de Wyatt la besaron en la mejilla.

—Basta —volvió a empujarle a la altura del pecho, pero él tenía demasiada fuerza—. Soltadme, Wyatt, o gritaré.

Él la miró con sarcasmo.

—Adelante. Gritad. Mis padres están en el jardín y los sirvientes no se atreverían a intervenir.

Olivia trató de protestar, pero él la besó en los labios, sofocando sus palabras. Su aliento caliente le llenó los pulmones y el pánico se apoderó de ella. Aquello no podía estar pasando; no en la casa de su madre.

Olivia se resistió con uñas y dientes, pero cuanto más luchaba, más le excitaba. Eso era lo que él quería. La persecución, el duelo... Una oportunidad para someter a su oponente y humillarla. Aquel acto de dominación era la última recompensa. Se movió tan deprisa que Olivia no tuvo tiempo de reaccionar. En pocos minutos la había tumbado en el suelo y le sujetaba las manos mientras la tocaba por debajo de la falda. Aquella sonrisa infantil se había convertido en una expresión perversa.

—Y ahora, prima, voy a daros la bienvenida. Y cuando haya terminado con vos, firmaréis lo que haga falta, por vuestro propio bien —la miró con ojos feroces y se puso encima de ella.

En ese momento un cubo de agua fría cayó sobre él, manchándole la capa y el abrigo hecho a medida. Wyatt se echó a un lado y soltó a la joven. Ella se incorporó y se apartó el pelo húmedo de la cara.

Letty estaba delante de ellos, y en la mano sostenía un cubo vacío.

—Disculpadme, señor —dijo—. Venía a ayudar a la señorita con el baño, y creo que resbalé sobre la alfombra.

—¡Maldita vieja! Nadie se baña con agua fría —dijo furioso.

—La señorita pidió agua fría. ¿No es así, señorita?

—Sí. Así es. —dijo Olivia poniéndose en pie.

Wyatt echaba chispas por los ojos.

—Debería...

—He llamado a vuestro padres —Letty le miró de frente—. El señor debe de estar a punto de subir.

—¿Qué pasa, Letty? —dijo Robert desde el pasillo.

Wyatt se levantó inmediatamente y se arregló la ropa al tiempo que entraba su padre.

—Soy una torpe —dijo la sirvienta—. Pero el señorito ha tenido la amabilidad de ayudarme a limpiar.

—Ya veo —Robert levantó una ceja al ver el charco de agua.

Entonces miró a Olivia, temblorosa y pálida, y finalmente a su hijo, que tenía un arañazo en una mejilla.

—Vamos, Wyatt. Deja que lo limpien los sirvientes.

Los ojos de Wyatt eran témpanos de hielo y su voz un susurro al oído de la joven.

—Nos volveremos a ver. Y no estará la vieja para protegeros. Entonces me las pagaréis. Con creces.

Cuando los dos hombres abandonaron la habitación, Olivia se volvió hacia Letty.

—No sé cómo daros las gracias. Pensé que... —sin más, se echó a llorar.

—Tranquila, señorita —la anciana la estrechó entre sus brazos y le dio un cálido abrazo—. Todo el mundo sabe cómo es el señorito Wyatt. Ha abusado de muchas de sirvientas jóvenes. La mayoría le tienen miedo.

—¿Y por qué no se lo dicen a sus padres?

—No hay necesidad. Ellos lo han visto con sus propios ojos, pero hacen la vista gorda y culpan a otros por los defectos de su hijo. Siempre es culpa de la pobre sirvienta, y terminan echándola porque es una cualquiera.

—¿Dirían eso de mí?

Letty se encogió de hombros, pues no quería causar más dolor a la muchacha. No obstante, Olivia supo la respuesta.

—¿Y cómo es que no le tenéis miedo, Letty?

La anciana suspiró.

—¿Y qué podría hacerme a mí?

—Puede hacer que os despidan.

—Sí. Y entonces tendría que ir a vivir con mi

hermano, que ya tiene bastante con su esposa enferma. Pero yo creo que lady Lindsey me necesita. De no ser así, ya me habrían echado.

Olivia se estremeció.

—No puedo quedarme aquí, Letty. Tengo que irme.

—Sí. No estáis segura mientras el señorito Wyatt esté aquí —Letty hizo una pausa—. Puede que haya una solución. Pero, por lo que he oído, podría ser mucho peor.

—Por favor, Letty. Decídmelo. Iré a cualquier parte. Haré lo que sea.

La sirvienta titubeó un instante y finalmente se decidió.

—Hablaré con lord Lindsey. Seguro que está deseando librarse de vos. Esto le quitará un peso de encima y os hará libre a vos también.

Letty salió de la habitación en un abrir y cerrar de ojos. Sola, Olivia temblaba cada vez que oía pasos en el pasillo. Había visto la faz del mal en el rostro de Wyatt. Era un individuo cruel, sin corazón, y no pararía hasta conseguir lo que quería. Un temblor incontrolable recorrió todo su cuerpo y tuvo que quedarse de pie, escuchando, esperando...

Un rato más tarde, alguien tocó a la puerta.

—¿Quién es? —preguntó Olivia desde el otro extremo de la habitación.

La puerta se abrió y entró la anciana sirvienta. Letty miró con ojos compasivos a la joven temblorosa.

—Lord Lindsey está de acuerdo en que es mejor que os marchéis cuanto antes. Ya están preparando el carruaje —Letty la miró con dulzura—. Necesitáis un abrigo, señorita. El viaje a Cornwall es largo.

Tres

Cornwall

Bajo el manto de la noche, la Inglaterra rural pasaba a toda prisa por la ventanilla del coche. De vez en cuando, Olivia veía las luces de pueblos lejanos y se le hacía un nudo en la garganta. Cómo echaba de menos la pequeña casa de campo de Oxford donde la vida era tan simple y apacible.

«Madre, padre...».

No había tenido tiempo de llorar la muerte de sus padres, y tampoco había podido despedirse de los vecinos de toda la vida.

Se recostó en el asiento y cerró los ojos. Había dormido un poco, pero había tenido sueños convulsos que le habían arrebatado el merecido descanso. No hacía más que preguntarse si podría dejar atrás la humillación de Wyatt. Con sólo pensar en ello se echaba a temblar otra vez, ahogándose en sus emociones.

Olivia se acurrucó en el abrigo para resguardarse del frío, pero la sonrisa maligna de su primo... y el brusco tacto de sus manos la hizo incorporarse de un salto. Trató de sacárselo de la mente, pero aquellos recuerdos desagradables pesaban sobre su cabeza como la niebla.

Olivia respiró hondo y volvió a preguntarse qué sería de ella. ¿Qué clase de lugar sería Blackthorne? Letty había dicho que era un lugar oscuro y tenebroso, peor que la casa de donde venía. ¿Acaso era posible? ¿Podría ser peor que la casa de sus tíos?

La joven escudriñó aquella negrura profunda. La luz de los candelabros se hizo más intensa, como si por fin se estuvieran acercando a su destino. Olivia pudo distinguir la silueta en sombras de una imponente fortaleza.

Varios torreones se clavaban en el cielo nocturno. Algunas de las ventanas estaban iluminadas y una figura solitaria, alta y esbelta, esperaba en el patio con un quinqué en la mano.

En cuanto el carruaje se acercó a la entrada, el viento empezó a soplar con fuerza. Los árboles se balanceaban como si se tratara de demonios furiosos. De pronto un relámpago desgarró el cielo y el estruendo de un trueno rompió la quietud de la noche. En cuanto el carruaje se detuvo los cielos se abrieron y empezó a diluviar.

Con la ayuda del cochero Olivia salió del coche. Un hombre la observaba desde una de las ventanas. A la luz de los candelabros, su pálido rostro parecía el de un fantasma.

La joven se quedó de piedra, sin palabras.

—Bienvenida a Blackthorne, señorita —Pembroke recogió el equipaje y la condujo al interior de la mansión a toda prisa.

—Gracias —a Olivia le temblaba todo el cuerpo.

—Me llamo Pembroke.

—Pembroke. He visto a un hombre. En una de las habitaciones del segundo piso.

—Ése debe de ser el amo Bennett, el hermano menor de lord Quenton Stamford. No duerme bien.

—Tenía la cara tan pálida como un fantasma.

—Sí, señorita. El señor Bennett está... enfermo —Pembroke le dio la espalda—. Sus aposentos están listos. Si sois tan amable, os enseñaré el camino.

Aquel paseo duró una eternidad. Pasaron por un recibidor en sombras que conducía a un pasillo oscuro. Las velas se derretían en charcos de parafina. Finalmente subieron por una escalera de caracol y avanzaron por otro pasillo. De pronto se abrió una puerta y un chorro de luz inundó la penumbra. Un hombre fue directamente hacia Olivia y ella tropezó contra él, quedándose sin aliento. Unos brazos fuertes la agarraron. En cuanto pudo apartarse un poco, la joven vio un rostro hermoso y unos ojos tan penetrantes que era imposible apartar la vista. Aquel hombre tenía una expresión seria. La tensión se palpaba en el ambiente y un volcán de furia estaba a punto de estallar. Junto a él había un perro que parecía tan malhumorado como su amo. El animal enseñaba los dientes en una mueca rabiosa y no tardó en lanzar un gruñido a modo de advertencia.

Una descarga de miedo sacudió el cuerpo de Olivia.

—Lord Stamford —Pembroke rompió el silencio ensordecedor—. Ella es la señorita St. John. La institutriz del chico. Acaba de llegar de Londres.

—Señorita St. John —su voz era profunda y grave; su mirada un cuchillo.

—Lord Stamford.

Él sintió el temblor de su cuerpo bajo las manos y tardó un poco en soltarla. Esa fragancia... revivía viejos fantasmas de la infancia.

La joven retrocedió de inmediato.

—Las mujeres jóvenes no deberían viajar en noches tan aciagas. ¿Por qué no pasasteis la noche en una posada?

—Así lo quiso mi tío.

—Ya veo.

—Mi ama de llaves, la señora Thornton, ha informado al chico de vuestra llegada. Está impaciente por conoceros.

—¿El chico? —su tono sonó demasiado brusco—. ¿Cómo se llama?

Él le respondió de la misma forma.

—Se llama Liat.

—¿Sólo Liat? ¿No tiene otro nombre?

La impertinencia de aquella joven se estaba haciendo insoportable.

—No —la miró desafiante—. Necesitáis descansar, señorita St. John. Espero que podáis dedicarle toda vuestra atención al chico a partir de mañana. Buenas noches.

—Buenas noches, milord.

Al pasar por su lado, miró hacia el interior de la habitación y vio a un hombre que estaba agachado delante de la lumbre. En ese momento él levantó la vista y Olivia se quedó sin aliento. Aquél era el pálido rostro que había visto desde el carruaje. No obstante, sus ojos era iguales a los de lord Stamford, penetrantes y oscuros... y atormentados. De pronto lord Stamford le cerró la puerta en la cara.

Sintiendo aquellos ojos clavados en la espalda, Olivia fue tras Pembroke. Un hombre así no volvería a verla flaquear. Sin embargo, con sólo pensar en esa mirada fría y oscura, se le ponían los pelos de punta.

—Es aquí, señorita —Pembroke abrió una puerta al final del pasillo.

Un fuego acogedor ardía en el hogar.

—Ésta es vuestra sala de estar.

Se trataba de una habitación amplia con butacones mullidos frente al hogar. A un lado había una mesita con varios vasos y una jarra. En la estancia contigua había un escritorio y algunas sillas.

—La alcoba del muchacho está al otro lado de esas puertas. Y aquí... —abrió otra puerta y señaló hacia el interior—. Está la vuestra.

Olivia estaba un poco aturdida, así que asintió con un gesto y fue hacia el hogar para calentarse las manos. Nunca había tenido tanto frío. Era como si sus huesos se hubieran vuelto de hielo.

—La señora Thornton le subirá la cena. Supongo que estaréis hambrienta después de un largo viaje.

—Sí. Gracias.

—Buenas noches, señorita.

—Buenas noches, Pembroke.

Ella esperó a que cerrara la puerta y entonces se dejó caer en una silla.

¿En dónde se había metido? ¿Quién era el niño que tenía que cuidar? ¿Qué le había ocurrido a aquel hombre fantasmal? Ella había esperado encontrar algo de paz en Blackthorne, pero en cambio estaba más sola y desesperada que nunca.

Aquel sueño horrendo regresó durante la noche. Un profundo terror se apoderó de ella y volvió a sentir la fuerza de Wyatt sobre su cuerpo. Por mucho que se resistiera era imposible apartarle. Él estrelló su boca contra los labios de Olivia y su aliento caliente y desagradable abrasó la garganta de la joven. A punto de ahogarse, Olivia luchó por salir a la superficie. De pronto oyó unos pasos en la distancia y se incorporó de golpe. Un sirvienta la había sorprendido en mitad de una pesadilla.

—Oh, lo siento —se apartó el pelo de la cara.

La sirvienta la observaba atentamente. Sin duda estaba molesta por haberse tenido que levantar en mitad de la noche.

—La señora Thornton me dijo que os trajera algo de comer —señaló una bandeja que estaba sobre la mesa.

—Gracias. La señora Thornton es muy amable. Y estoy hambrienta. ¿Cómo os llamáis?

—Edlyn —arrojó un tronco al hogar y se limpió las manos en el delantal.

Olivia se sirvió una taza de té.

—¿Qué me podéis decir de Liat, Edlyn?

—No hay mucho que decir. Llegó con lord Stamford.

—¿Llegó? ¿De dónde?

La mujer se encogió de hombros.

—De alguna isla del Caribe. Algunos dicen... —bajó la voz—. Que el chico es el hijo bastardo de lord Stamford.

Olivia respiró profundamente.

—Yo no haría mucho caso a los rumores. ¿Y qué hay de la madre?

—El chico dice que su madre ha muerto. Quizá tuvo el mismo destino que la esposa de lord Stamford.

—¿Su esposa?

—Lord Stamford —Edlyn puso un tono serio—. Pronto se enterará de todo. El pueblo no habla de otra cosa. Era una belleza. El hermano de lord Quenton, Bennett, la adoraba, y su abuelo también. La encontraron muerta al pie de un acantilado. Encontraron al amo Bennett muy cerca de allí, a punto de morir.

—Oh, es terrible.

—Sí. Aunque sobrevivió, el señor Bennett no puede andar ni hablar, así que no puede contar lo que pasó. Se pasa el día sentado frente a la ventana, mirando al mar. El médico del rey vino a examinarle y dijo que estaba encerrado en su mundo. Poco después de la visita del médico, lord Stamford se fue.

—¿Se fue?

Edlyn frunció el ceño.

—Se fue al mar, y dejó que su abuelo lidiara con aquella tragedia él solo. Nadie volvió a saber de él hasta que murió su abuelo y regresó para recibir la herencia. Y no es que nos importara. Blackthorne estaba mucho mejor sin él.

Olivia se sorprendió ante el tono sarcástico de la sirvienta.

—Creo que no deberíais decir esas cosas de lord Stamford, si es que le tenéis aprecio a vuestro empleo.

—Mi empleo —la sirvienta soltó una carcajada—. Yo vine a Blackthorne con lady Stamford, como dama de compañía. Después de su muerte, empezaron a tratarme como a una sirviente más y me mandaron a la cocina, a vivir de las migajas.

Olivia pensó que aquello sería improbable en un lugar tan lujoso.

—¿Y ahora? —preguntó—. Parece que vuestra situación ha mejorado.

La sirvienta resopló disgustada.

—Ahora que ha regresado lord Stamford, nadie sabe cuáles son sus obligaciones. Tenemos que estar a su disposición a todas horas, día y noche.

El resentimiento de aquella mujer hizo sentir incómoda a Olivia. Había oído más de lo necesario.

—¿Cómo es Liat? —dijo cambiando de tema.

Edlyn se encogió de hombros.

—Se asusta por todo y es muy suyo. Nunca se ríe ni llora. No corre ni grita. Sólo se esconde en su habitación —bajó la voz—. Seguro que no está muy bien de la cabeza.

Satisfecha con aquella perorata indiscreta, la sirvienta bostezó.

—¿Deseáis algo más?

—Nada, Edlyn. Buenas noches.

Cuando la sirvienta salió, Olivia levantó la tapa del plato, y aspiró el aroma del caldo de ternera. Probó los alimentos, pero aquellas noticias turbadoras le habían quitado el apetito. Intranquila, decidió deshacer la maleta. La ropa estaba revuelta. ¿Acaso le habían registrado la maleta mientras dormía? Olivia desechó esos pensamientos inmediatamente. Un sirviente sabría que una institutriz no podía tener nada de valor.

Se sentó en una silla, se puso las manos sobre las mejillas y reflexionó acerca de todo lo que había visto y oído. Entonces apretó los párpados y trató de ahuyentar el miedo que se cernía sobre ella. Tenía que descansar un poco antes de acometer las tareas que le habían sido asignadas.

Ése fue su último pensamiento antes de que el sueño le ganara la batalla.

Un ruido horripilante despertó a la joven. Un grito desgarrador le heló la sangre y la hizo ponerse en pie de un salto. No podía tratarse de un ser humano. Quizá fuera un animal salvaje que había caído en una trampa.

Sin embargo, provenía de dentro de la casa...

Olivia se levantó de la cama y abrió la puerta. El sonido se hizo más fuerte. Aquel lamento incesante era insoportable y la joven tuvo que taparse los oídos. Sin pensar corrió por el pasillo hasta llegar a la habitación del hombre que había visto junto al hogar.

La puerta estaba abierta. Junto a la cama estaba lord Stamford, acompañado de una mujer en camisón de dormir. A los pies de la cama había una joven sirvienta pelirroja.

Lord Stamford se inclinó hacia delante y levantó

un poco a su hermano. La mujer le acercó una taza a los labios.

—Haz lo que te diga la señora Thornton, Bennett —la voz de Stamford no se parecía en nada a la que Olivia había escuchado unas horas antes. No había ni rastro de la prepotencia arrogante con que la había tratado.

Su tono era suave y dulce, como si estuviera consolando a un niño.

El llanto cesó de pronto y la taza quedó vacía. Un lloriqueo infantil se perdió en el silencio reinante.

—Ahora dormirá un poco, milord —dijo la mujer.

—Gracias, señora Thornton —Quenton miró a los pies de la cama—. Y gracias, Minerva. Me alegro de que hayáis llegado tan rápido.

—De nada, milord. —la joven sirvienta alisó las mantas—. No os preocupéis. Yo me quedaré con él para que duerma.

Al darse la vuelta, Quenton advirtió la presencia de Olivia. Sin mediar palabra fue hacia ella y la hizo apartarse del umbral para cerrar la puerta.

—Disculpadme, lord Stamford. No quería inmiscuirme.

—Pero eso es exactamente lo que estabais haciendo.

—Oí un grito y salí. No sabía lo que estaba oyendo. Pensé que... —se mordió el labio, pues no quería revelar sus pensamientos.

—Lleva tiempo acostumbrarse, señorita St. John.

La agarró del codo y la acompañó hasta su habitación. Parecía impaciente por librarse de ella.

—Mi hermano está muy enfermo. Le atormentan los recuerdos. Recuerdos que se manifiestan durante la noche y le causan una gran angustia.

—¿No se puede hacer nada por él?

Quenton sacudió la cabeza.

—Los médicos que lo han examinado me han asegurado que no existe cura.

Ella se detuvo bajo el umbral y, por primera vez desde su llegada, miró aquellos ojos negros y descubrió un profundo dolor en ellos.

—Lo siento mucho, lord Stamford.

Él parecía algo molesto. Estaba claro que no quería su compasión. A punto de darle la espalda, se volvió una vez más.

—La próxima vez que oigáis los gritos de mi hermano, señorita St. John, os aconsejo que os quedéis en vuestra habitación —hizo un gesto con la cabeza—. Buenas noches.

Ella le vio alejarse por el pasillo y entonces cerró la puerta.

—Bueno... —susurró para sí—. Bienvenida a Blackthorne...

Cuatro

Unas horas más tarde, Olivia estaba en pie, preparándose para su primer día como niñera. Se estaba recogiendo el pelo cuando alguien llamó a la puerta.

—Adelante.

Edlyn entró con una bandeja y gesto malhumorado.

—La señora Thornton me dijo que os trajera té y galletas.

—Gracias, Edlyn. Es muy amable de su parte. Si no os importa, voy a llevarme la bandeja para desayunar con Liat.

La sirvienta le dio la espalda, algo contrariada.

—Yo misma la llevaré. Si no la señora Thornton me llamará la atención.

—No hay necesidad. —Olivia quería estar sola cuando conociera al chico—. No se lo diré al ama de llaves. Seguro que tenéis un montón de quehaceres.

—Sí. Sobre todo cuando la señora Thornton está de mal humor —Edlyn entornó los ojos—. No hay insultos como los de esa vieja refunfuñona.

—Lo tendré en cuenta.

Olivia esperó a que la sirvienta saliera antes de ir a la habitación del niño. La sala de estar contigua era muy similar a la suya propia. El fuego ardía en el hogar, y había varias sillas y un butacón. También había una mesa pequeña que podrían utilizar para las clases.

Olivia tocó a la puerta antes de entrar.

—Hola, Liat. Me llamo Olivia St. John —se detuvo en el umbral al verle volver.

El niño estaba sentado en un baúl que había arrastrado hasta la ventana. Estaba descalzo y llevaba unos pantalones cortos y una camisa de vivos colores.

—¿Qué estáis mirando?

El chico se encogió de hombros sin decir ni palabra.

Olivia atravesó la habitación y se detuvo junto a él.

—Ah, ya veo. Los jardines. Tenéis una vista muy bonita. Vaya. Se ven enormes cuando los miras desde muy alto —sonrió—. ¿Os gustaría dar un paseo por el jardín?

Él se encogió de hombros.

—¿Es que no queréis salir? ¿Por qué? A los chicos como vos les gusta retozar entre los setos y perseguir mariposas.

Liat la miró extrañado.

—¿Mariposas?

Por fin había conseguido captar su atención.

—¿Es que creíais que no había mariposas en Inglaterra?

Él sacudió la cabeza y Olivia le sonrió.

—Bueno, sí que las hay. Y hay ciervos y conejos y ardillas... ¿No os gustaría verlos?

El niño asintió.

—Bien. Entonces vamos a dar un paseo por el jardín en cuanto acabemos de desayunar.

Liat volvió a sacudir la cabeza.

—Tengo miedo —dijo en un susurro.

—¿De qué?

—De los monstruos.

—¿Qué monstruos?

—Los que... —miró a su alrededor con miedo—. Vienen de golpe y ocultan el sol.

Algo confusa, Olivia iba a hacerle más preguntas, pero el chico continuó.

—Aquí viene uno.

Olivia miró por la ventana. Unos enormes nubarrones taparon el sol, sumiéndolos en una amenazante penumbra.

—Sólo es una tormenta, Liat. Estoy segura de que habéis visto alguna antes de venir a Inglaterra.

Liat sacudió la cabeza.

—En mi isla siempre brillaba el sol. Y siempre hacía calor —se estremeció—. Aquí hay monstruos que se llevan el sol y el calor. Así se llevaron a mi mamá.

A Olivia se le encogió el corazón.

—Venid conmigo, Liat. No temáis —le dijo al verle titubear.

Tomándolo de la mano, lo ayudó a bajarse del baúl y lo acompañó hasta el hogar. Le hizo sentarse en la alfombra y se acurrucó a su lado. Entonces sirvió dos tazas de té con leche y le dio una al chico.

—Yo también he perdido a mis padres hace poco.

—¿Un monstruo se los llevó?

—No. Murieron. Ahora están con los ángeles.

—¿Dónde?

—En el cielo.

—¿Les gusta estar ahí?

Olivia asintió.

—Sí. Mucho. Son felices en su nueva casa.

—¿Creéis que mamá está con ellos?

—Sé que sí. Y aunque no podáis verla, aún os cuida, tal y como hacen mis padres.

—Si ella me cuida... ¿Cómo es que permitió que me trajeran a este sitio?

Olivia vio cómo temblaban sus labios. Lo que más deseaba en ese momento era estrechar a aquel niño entre sus brazos y colmarlo de besos, pero no era más que una simple institutriz.

—No sabemos por qué pasan las cosas, Liat. Debemos confiar en que todo ocurre por una razón.

El niño se quedó callado, pensando en lo que acababa de oír, y finalmente la miró a los ojos.

—¿Siempre habéis vivido aquí? ¿En Blackthorne?

Ella sacudió la cabeza.

—No. Yo también tengo un hogar en otra parte.

—¿Y entonces por qué estáis aquí?

—Estoy aquí para ser vuestra maestra y niñera, y si me dejáis, también puedo ser vuestra amiga.

—¿Os gusta estar aquí?

—Todavía no lo sé. Acabo de llegar. Pero voy a hacer todo lo posible porque me guste.

En cuanto dijo esas palabras, sintió un extraño alivio.

—Tomad —partió en dos una galleta y le puso un poco de mermelada antes de dársela.

El chico empezó a mordisquear el dulce y esbozó una sonrisa.

—¿Lo veis? —Olivia bebió un poco de té y le devolvió la sonrisa—. Mi padre me decía que hablar de nuestros miedos es importante. Tenéis que hacerles frente si quieres superarlos —le acarició la mejilla y sonrió—. Juntos nos enfrentaremos a nuestros miedos, Liat, hasta que ya no quede ninguno.

Quenton Stamford se quedó inmóvil y detuvo al perro que estaba a su lado. No tenía intención de escuchar tras la puerta. En realidad, sólo había ido a la habitación para presentarlos. Sin embargo, mientras oía aquella conversación se preguntó qué destino habría enviado a esa joven a Blackthorne. A primera vista, había pensado que era demasiado joven e inexperta para el trabajo. Demasiado frágil. Pero quizá fuera justo lo que el chico necesitaba. Aquél no era lugar para el chico, pero no había tenido elección. Con la muerte de su abuelo, Quenton se había visto obligado a volver a Blackthorne, pero le había hecho una promesa a la madre del muchacho en su lecho de muerte, y la única forma de mantenerla era llevarle a Inglaterra.

Quenton escuchó durante un momento. La voz de Olivia fue un bálsamo para sus oídos.

—Liat, mi madre solía decir cosas del Gran Libro. «Hay una razón para todo. Un momento para sembrar y otro para recoger. Momentos para reír. Momentos para llorar. Momentos para vivir, y momentos para morir». Éste es el momento de crecer, aprender y dejar atrás vuestros miedos. Yo voy a hacer lo mismo.

Quenton asintió con la cabeza y se marchó sigilosamente.

Ojalá hubiera sido tan fácil resolver sus propios problemas. En el despacho le esperaban los libros mayores y el desastre que su abuelo había dejado atrás.

—Vamos, Liat. —Olivia abrió la puerta y lo invitó a acompañarla—. Es hora de dar un paseo por Blackthorne.

—Los sirvientes me dijeron que no debo entrar ahí —dijo Liat señalando la habitación de Bennett.

—¿Por qué?

El chico se estremeció.

—Me dijeron que ahí vive un monstruo.

—No es un monstruo. Es un hombre joven. Vamos. Os lo enseñaré —sin más, Olivia tocó y abrió la puerta.

Bennett estaba sentado junto a la ventana. En cuanto entraron levantó la vista. Minerva, la sirvienta, estaba igual de sorprendida.

—¿Qué estáis haciendo, señorita?

—Mi nombre es Olivia St. John y éste pequeño es Liat. Pensé... —no sabía qué decir para disculparse—. Pensé que podríamos cenar con vos esta noche.

—El señor Bennett siempre cena solo, señorita.

—Y nosotros también —dijo ella sonriendo—. Si cenáramos juntos, no estaríamos tan solos y podríamos conocernos mejor.

—No creo que... —antes de poder terminar la frase, Minerva vio la expresión de Bennett—. Bueno...

La joven sirvienta pensó en la reacción del ama de llaves al enterarse. Sin embargo, el señor Bennett parecía tan entusiasmado...

—De acuerdo. Le diré a Edlyn que traiga vuestra cena. Cenamos a última hora de la tarde.

Olivia asintió y miró a Bennett con una sonrisa.
—Nos vemos entonces.
Agarró a Liat de la mano y salió de la habitación. El chico no dijo ni palabra hasta llegar a la cocina.
—Ése es el primer monstruo que veo —dijo en un susurro.
—Sí. Lo mismo digo —Olivia tuvo que reprimir la sonrisa.
—¿Quién sois y qué estáis haciendo en mi cocina?
Al oír aquella voz imperiosa ambos se dieron la vuelta y se toparon con una mujer casi tan alta como Pembroke. Unas manos enormes reposaban sobre caderas gigantescas envueltas en un vestido sencillo.
—Me llamo Olivia St. John.
—La nueva institutriz.
—Sí. Y éste es Liat.
—Yo me llamo Molly. Molly Malloy, pero todos me conocen como la cocinera.
—Hola, cocinera —Olivia le dio la mano—. Acabamos de dar un paseo por Blackthorne y pensamos tomar una taza de té.
—Entonces habéis venido al lugar adecuado. Sentaos —la cocinera señaló una mesa de madera.
En unos minutos les sirvió una taza de té y tartaletas recién hechas.
—Así os ganaréis el corazón de Liat —dijo Olivia mientras bebía un poco de té.
—Os gustan mis tartaletas. ¿Verdad, chico?

Como tenía la boca llena, Liat sólo pudo asentir con la cabeza.

—Cuando Bennett y Quenton eran niños, les encantaban mis tartaletas.

—¿Los conocéis desde entonces?

—Desde que nacieron. Y a su padre también. Eran buenos chicos. Y todavía lo son.

Mientras hablaba, la cocinera siguió amasando la masa para hacer más dulces. Poco después llegaron la señora Thornton y Pembroke, que se sirvieron sendas tazas de té.

—Veo que ya conocéis al chico y a la institutriz —dijo el ama de llaves mientras tomaba una tartaleta.

—Sí. —la cocinera le dio una tartaleta al mayordomo—. Les he estado contando sobre el señor y su hermano. Se metían en líos, pero nunca tuvieron mala intención.

Pembroke asintió.

—Siempre cuidaron el uno del otro. Estaban llenos de energía.

—¿Recordáis el día en que tuvimos que buscarlos por toda la mansión? Lo pusimos todo patas arriba.

—¿Y dónde estaban al final? —preguntó Olivia.

—En los establos, junto a su yegua favorita, que acababa de parir. Se habían quedado dormidos junto al potro recién nacido.

La señora Thornton los hizo reír con aquella vieja historia.

Pasaron un rato agradable en la cocina y Olivia empezó a ver a lord Stamford de otra manera.

—La señorita St. John es muy responsable, milord. Parece que se lleva muy bien con el chico. Pero me temo que es un poco impulsiva. No tiene reparo en pasearse por toda la casa y darle conversación a los criados.

Lord Stamford levantó la vista y la señora Thornton empezó a hablar más deprisa para mantener su atención.

—Por lo visto, está muy bien educada. Sus padres eran estudiosos. Vivían en Oxford y...

—Gracias, señora Thornton —Quenton se masajeó las sienes para hacer remitir el dolor de cabeza—. Decidle que pueden cenar conmigo esta noche. Yo mismo comprobaré qué tal se llevan.

—Sí, milord —retorció el delantal que llevaba y reunió el valor necesario—. Puede que no sea posible.

—¿Cómo dice?

—Ella preguntó si podían cenar con el señor Bennett esta noche.

Lord Stamford la miró con ojos incrédulos.

—¿Con mi hermano?

El ama de llaves apartó la vista.

—Yo le dije que era imposible. El amo Bennett siempre cena solo en su habitación con uno de los criados.

—¿Por qué quería cenar con mi hermano?

La señora Thornton se encogió de hombros.

—La señorita St. John cree que algo de compañía disipará los miedos del chico.

Lord Stamford frunció el ceño y la señora se preparó para recibir el impacto de su furia.

—Muy bien —dijo entre dientes—. Invitad a cenar a la señorita St. John y al chico. Que uno de los criados traiga a mi hermano también.

—¿Para cenar con usted? —preguntó el ama de llaves, sorprendida.

En lugar de responder, lord Stamford la fulminó con la mirada.

—Sí, milord. Como deseéis —salió rápidamente y dio órdenes a un sirviente para que informara a la señorita St. John.

Sin duda sería un gran honor para ella, puesto que lord Stamford siempre había cenado solo desde su llegada a la mansión.

Unos minutos más tarde tocaron a la puerta de Liat.

—¿Señorita St. John?

Olivia levantó la vista.

—¿Sí, Edlyn?

—La señora Thornton me ha dicho que vais a cenar con el señor Quenton esta noche.

—Pero esperaba cenar con su hermano.

—El amo Bennett estará con ustedes.

—Gracias —Olivia se puso de pie y le tendió una mano a Liat—. Vamos. Os ayudaré a lavaros y vestiros.

Él retrocedió.

—¿Tengo que ir?

—¿No queréis?

El chico sacudió la cabeza y bajó la vista.

—¿Por qué?

—Tengo miedo.

—¿De lord Stamford?

El niño asintió.

—Nunca habla conmigo —dijo en un susurro—. Tampoco sonríe. Sólo me mira. Y sus ojos están tristes.

—Ya veo —Olivia se arrodilló a su lado—. Yo sólo he visto a lord Stamford dos veces, la noche que llegué. También fue un poco seco conmigo, así que debería estar tan asustada como tú.

—¿Y lo estáis?

Olivia asintió. No tenía sentido negar la verdad.

—Supongo que siempre tenemos miedo de lo que no conocemos. Pero he oído que es buena persona, y muy simpático —aquella pequeña mentira piadosa era necesaria.

En realidad Olivia había oído que lord Stamford sólo hablaba con los criados cuando era estrictamente necesario. Según comentaban los sirvientes era un hombre brusco e irritable. El eco de los rumores llegaba a cada rincón de la mansión. Se decía que había sido un pirata asesino a las órdenes del rey Charles y que había llevado una vida libertina en Jamaica. Se especulaba que Liat era uno de sus muchos hijos bastardos.

Olivia, sin embargo, estaba decidida a hacer oídos sordos. Su única preocupación era velar por el bienestar de Liat.

La joven se puso en pie.

—Vamos a prepararnos para cenar. ¿De acuerdo? —volvió a tenderle la mano.

Esa vez el chico aceptó y la siguió al cuarto de baño.

Un rato más tarde bajaron al salón.

—Buenas noches, señorita —Pembroke aguardaba junto a las puertas—. El señor os espera.

El mayordomo les abrió la puerta. El pequeño le dio la mano a Olivia. Ella trató de sonreír, pero su corazón latía desbocado.

Aquella habitación era perfecta para un hombre como lord Stamford. Las paredes estaban recubiertas de tapices y los muebles eran de lo más opulento. A ambos lados había un enorme hogar en el que crepitaban las llamas. En el centro había una larga mesa de madera para numerosos comensales y una docena de candelabros inundaba de luz la habitación.

—Lord Stamford —la refinada voz de Pembroke rompió el silencio.

Quenton Stamford estaba de pie frente al hogar,

contemplando el fuego. Al oír a Pembroke se dio la vuelta. El perro se incorporó y gruñó amenazante.

Olivia pudo verle con mucha más claridad.

«Un ángel oscuro...».

Era muy alto, de espaldas anchas y cintura estrecha. Aquella chaqueta a medida no escondía una constitución fuerte. Su rostro podría haber sido hermoso de no haber sido por aquel rictus serio y agrio, y tenía la piel bronceada tras muchos años a la intemperie a bordo de un barco.

Sostenía una copa de plata con la mano.

Como siempre, esos ojos oscuros y penetrantes le impidieron apartar la vista.

—Han llegado la señorita St. John y el chico.

Él miró al mayordomo.

—Gracias, Pembroke. Decidle a la señora Thornton que espere hasta que llegue mi hermano.

—Sí, señor —Pembroke abandonó la habitación discretamente y cerró las puertas.

—¿Os apetece una copa de vino, señorita St. John?

—No, gracias —Olivia no había notado que estaba apretando la mano de Liat hasta que el chico la miró—. Quizá Liat desee tomar algo.

Lord Stamford arqueó una ceja.

—¿Os apetece algo, chico? ¿Qué queréis tomar?

—Le... leche, señor.

—Ah, sí. Claro. Se lo diré a la señora Thornton.

En ese momento se abrió la puerta y entró la señora Thornton, que parecía algo cansada. Detrás venía un muchacho fornido que traía en brazos al hermano de lord Stamford.

—Pon aquí al señor Bennett, junto al fuego. —dijo el ama de llaves.

En cuanto el joven obedeció, la señora Thornton empezó a dar órdenes a las sirvientas.

—Ahí no, cabeza hueca. Lord Stamford se sienta en este lado de la mesa.

Olivia hizo una mueca de dolor y miró a su anfitrión. Él no parecía inmutarse ante aquel lenguaje abusivo.

—Aquí la porcelana. Allí el cristal. Ése no. El señor prefiere cerveza con la cena. Dame eso, bellaca —hizo retirarse a las sirvientas y terminó de poner la mesa ella sola.

Cuando terminó tuvo que secarse el sudor de la cara con el borde del delantal.

—Por favor, cuando deseéis comer, hacedmelo saber, milord? —dijo.

—Sí, señora Thornton. Ah, ¿podríais decirle a la cocinera que el chico quiere leche?

—¿Leche? —miró al chico—. El chico quiere leche —masculló para sí—. Mandaré a un sirviente al establo inmediatamente, milord.

—Gracias, señora Thornton.

El ama de llaves hizo una reverencia y salió de la habitación.

Un incómodo silencio se apoderó de la estancia y sus ocupantes.

—Señorita St. John, Liat, creo que ya conocéis a mi hermano Bennett.

Olivia sonrió.

—Sí. Esperábamos cenar juntos en la habitación de Bennett, pero así es mucho mejor. ¿No os parece, Bennett?

Él la miró sorprendido, como si no pudiera creer que se estuviera dirigiendo a él directamente.

—Espero que podamos ser amigos —dijo ella y le ofreció la mano.

Él no pudo sino estrecharle la mano con dedos temblorosos y pálidos.

—¿Por qué no os contesta, señorita? —preguntó Liat con inocencia.

—Mi hermano no habla —dijo Quenton sin más.

—Pero yo he oído... —empezó a decir Olivia, pero Quenton la hizo callar con una mirada de advertencia.

—Puede que emita algún sonido mientras duerme, pero no puede hablar cuando está despierto. Tomad asiento, por favor.

Señaló algunas sillas que estaban junto al hogar.

Quenton estaba decidido a ser amable, aunque tuviera que hacer un gran esfuerzo.

—Tengo entendido que vivíais en Oxford, señorita St. John.

—Sí —Olivia sintió una punzada de dolor.

Quenton y Bennett la observaban con atención.

—¿Vuestro padre era profesor en la universidad?

Ella asintió con la cabeza y tragó con dificultad.

—Era profesor de botánica y zoología. Mi madre y yo le ayudábamos.

—¿Le ayudabais? ¿Cómo?

La joven se sonrojó.

—En cosas pequeñas, se lo aseguro. Me enseñó los nombres de algunas plantas y animales. Cuando me llevaba al campo, tenía que buscar ciertas especies para sus estudiantes.

—Ya veo. ¿Y solíais salir mucho?

—Todos los fines de semana —dijo Olivia con añoranza—. Yo disfrutaba mucho de aquellas excursiones. He pensado que, ni no os importa, puedo llevar a Liat a dar un paseo por los alrededores de Blackthorne. Podría enseñarle algunos nombres de plantas y animales.

Lord Stamford miró al chico.

—¿Os gustaría, chico?

—Sí, señor.

—Bien. Entonces tenéis mi permiso, señorita St, John —la miró con ojos sombríos—. Pero no os acerquéis a los acantilados.

—¿Los acantilados?

Antes de que pudiera contestar llamaron a la puerta. La señora Thornton entró en el comedor, seguida de dos sirvientas.

—Vamos, señorita St. John. Liat —Quenton hizo señas al joven fornido para que acercara a Bennett a la mesa.

Olivia no pudo evitar preguntarse qué había visto en los ojos de ambos hermanos. Llamaradas de rabia contenida en los de Quenton... Terror ciego en los de Bennett al oír mencionar el acantilado...

La joven volvió a pensar en lo que le había dicho Edlyn. La esposa de Quenton había aparecido muerta al pie del acantilado, y a Bennett lo habían encontrado a pocos metros de distancia, a punto de morir. Por desgracia, aquella tragedia yacía en algún recoveco de una mente perturbada. Tal vez para siempre...

Cinco

Siempre a la disposición del señor, Pembroke se paró tras el asiento de Lord Stamford. Bennett se sentó en el lado izquierdo y Olivia a su derecha, con Liat a su lado. El ama de llaves corría de un lado a otro dando órdenes a diestro y siniestro. Les sirvieron una copa de vino, pero sólo Quenton probó la suya. A continuación llevaron una bandeja de galletas que se deshacían en la boca, seguida de conserva de frutas con nata. Entonces les sirvieron un primer plato de patatas en salsa y un segundo de caldo de verduras. Olivia ayudó a servirse a Liat.

Una de las sirvientas se acercó a Quenton con una enorme bandeja. Él la miró extrañado.

—¿Qué es esto, señora Thornton?

—Cordero, milord.

—¿Le habéis dicho a la cocinera que a mi hermano no le gusta el cordero? Recuerdo haberos dicho que él prefería ternera.

—Sí, señor. Pero la cocinera dice que vuestro abuelo prefería el cordero. Tanto es así que la hizo preparárselo todas las noches por el resto de su vida.

—Entonces decidle que se lo dé a mi abuelo, y decidle también que si vuelve a poner cordero mañana, se unirá a mi abuelo en su tumba.

—Sí, milord. Yo misma se lo diré a esa arpía testaruda —el ama de llaves volcó su furia y vergüenza sobre la inocente sirvienta—. Llévate este pastel asqueroso y dáselo a los animales. No vale para otra cosa.

Estupefacta, Olivia miró a uno y a otro.

—No podéis estar hablando en serio. No se lo daríais a los animales.

Quenton la fulminó con la mirada.

—¿Y por qué no?

—Porque los criados no tienen más que migajas —las palabras salieron de su boca sin darle tiempo a pensar—. Una comida como ésta les caería del cielo.

El ama de llaves se quedó de piedra. Nadie se había dirigido al señor de esa manera en toda su vida. Lord Quenton miraba a la joven institutriz con ojos de fuego.

—¿Me estáis sugiriendo que dé mi cordero a los sirvientes?

—¿Vuestro cordero, milord? Creí que había dicho que era el cordero de la cocinera. ¿No dijisteis que pediríais su cabeza si se atrevía a prepararlo de nuevo?

Bennett, que no había probado bocado, se volvió hacia su hermano con los ojos como platos. Pembroke contemplaba la escena sin emoción, pero parecía interesado en la lucha de poder.

—Podría ser la cabeza de la cocinera... o la de cualquier otro —dijo Quenton con toda intención—. Pero tengo que recordaros que es mi comida, señorita St. John. Y yo digo quién la come y quién no —estrelló un puño sobre la mesa—. Señora Thornton.

El ama de llaves se acercó un poco, anticipando la tormenta.

—¿Es cierto que los sirvientes no comen más que migajas?

—N... No, milord. Bueno... rara vez. Sólo cuando la cocinera está molesta por algo que han dicho los sirvientes. Pero toman carne y sopa tres veces por semana, o incluso más.

—Entonces están mejor alimentados que en cualquier otra parte.

—Oh, sí, milord. Todo el pueblo está deseando servir en Blackthorne. Ha sido así desde los tiempos de vuestro tatarabuelo.

—Gracias, señora Thornton. Llevad esto a las habitaciones de los criados —aunque se estaba dirigiendo al ama de llaves, no dejaba de mirar a Olivia—. Decidles que espero que disfruten del cordero.

La señora Thornton se quedó sin habla durante un instante y entonces les dio un empujón a las sirvientas.

—Vamos. Ya habéis oído a lord Stamford. Decidle a esos imbéciles cabeza de chorlito que deben agradecer la generosidad del señor.

Una de las sirvientas abandonó la habitación y la señora Thornton agarró a la otra por el brazo, dándole un empujón.

—Quizá usted y su hermano prefiráis pollo, milord.

La mirada de lord Stamford siguió clavada en Olivia durante unos segundos. Finalmente se sirvió algo de pollo y le hizo señas a la criada para que sirviera a los otros.

Olivia miró a Bennett, que no había comido nada.

—¿Necesitáis ayuda, Bennett?

Quenton habló entre dientes.

—¿Es que no tenéis compasión, señorita St. John? Os dije que no podía hablar.

—Sí, me lo dijisteis. Pero puede oír perfectamente. ¿No? —se volvió hacia Bennett—. ¿Necesitáis ayuda, Bennett?

El hombre joven la miró a los ojos un instante y apartó la vista antes de asentir con un gesto casi imperceptible.

—Llamaré a Minerva —dijo el ama de llaves, algo nerviosa—. Es una joven del pueblo. Ella sabe cómo hacerlo.

Unos minutos más tarde regresó seguida de la hermosa sirvienta pelirroja que Olivia había visto junto a la cama de Bennett.

—¿Es que ya no tenéis apetito? —susurró la muchacha.

Bennett asintió.

—Seguro que la cocinera volvió a preparar cordero. Sé lo mucho que lo odiáis. Vamos, yo os ayudo —le puso un tenedor en la mano y señaló el plato—. Por lo menos tenéis que probar un poquito de todo lo que hay en el plato.

Con la dulzura de una madre, le animó a comérselo todo.

—Os sugiero que hagáis lo mismo, jovencito —susurró Olivia dirigiéndose a Liat.

—Sí, señorita —el chico empezó a masticar con la vista fija en la mesa.

Mientras tanto, lord Stamford comía en silencio.

Cuando terminaron de cenar, el ama de llaves, deseosa de enmendar el error, hizo señas a un criado para que llevara una bandeja de tartaletas.

—No habéis tomado postre, milord.

Quenton le hizo señas para que se marchara y se bebió la copa de vino de un trago.

—¿Os apetecen unas tartaletas? —le preguntó Minerva a Bennett.

Sin esperar, puso los dulces sobre el plato y los ojos del inválido se iluminaron.

—Señorito —la sirvienta se paró al lado de Liat y él se sirvió dos tartaletas.

—Debéis serviros sólo una —susurró Olivia.

—Pero Bennett se tomó dos.

—Puede que Bennett se haya tomado dos, pero vos sólo podéis tomar una.

—¿Y qué pasa si todavía tengo hambre después de comérmela?

—Entonces veremos si podéis tomaros la segunda.

Olivia le dio un sorbo a la taza de té y le observó mientras comía la tartaleta.

—Y bien, chico —Quenton se echó hacia atrás y esperó a que retiraran los platos—. ¿Qué os ha enseñado la señorita St. John?

Ante una pregunta tan repentina, el niño tragó en seco y dejó a un lado el resto del dulce.

—Me ha enseñado... —se lo pensó un momento—. A no tener miedo de los monstruos.

—¿Monstruos? —hubo un silencio—. Bonita lección —dijo con sarcasmo—. ¿Qué más os ha enseñado?

Liat reflexionó durante un rato y miró a Quenton con una sonrisa sincera.

—Me ha enseñado a comer tartaletas de una en una.

Un atisbo de sonrisa parpadeó en los ojos de Quenton, pero el destello no tardó en extinguirse.

—Cuánta sapiencia, señorita St. John —hizo una reverencia fingida—. Estoy impaciente por ver sus progresos dentro de dos semanas.

Su ironía hizo mella en Olivia, pero ella mantuvo la cabeza bien alta y se negó a responder a la provocación.

—¿Necesita algo el chico, señorita St. John?

Olivia estuvo a punto de volver a recordarle el nombre del niño, pero se lo pensó mejor.

—La ropa de Liat no es apropiada para este clima. Sobre todo si va a acompañarme en un paseo por el campo.

Quenton asintió.

—Le diré a Pembroke que os lleve al pueblo mañana por la mañana. Podéis comprarle lo que necesite.

—Gracias.

Liat se levantó de la silla y rodeó la mesa.

Quenton lo miró con ojos de reproche.

—No habéis pedido permiso, chico.

—No, señor. No me voy.

—¿Entonces adónde vais?

Olivia también estaba sorprendida por el comportamiento del chico, que se detuvo junto a Bennett.

—A mí... tampoco me gusta hablar mucho. Pero si queréis, puedo hablar por vos.

Bennett se quedó de piedra y Minerva se llevó una mano a la boca. La ira veló los ojos de Quenton.

—Sentaos inmediatamente, chico. Y cuando terminemos aquí, vuestra institutriz y yo vamos a tener una...

Bennett tomó la mano de Liat y le miró a los ojos. Entonces hizo un gesto casi imperceptible y sonrió. El silencio se hizo incómodo y Quenton se levantó de la mesa bruscamente.

—Señora Thornton, que el muchacho del establo lleve a mi hermano a su habitación.

Le hizo un gesto a Olivia.

—Si me disculpa, tengo cosas que hacer.

En cuanto lord Stamford salió, Pembroke puso una botella de whisky y una caja de puros sobre una bandeja y fue tras él. Todo el mundo sabía que lord Stamford trabajaba hasta tarde en los libros de cuentas de su abuelo.

Olivia observó cómo se llevaban a Bennett. Lord Stamford no hacía el más mínimo esfuerzo por comunicarse con su hermano.

La joven tomó a Liat de la mano y abandonó la estancia.

—Estoy orgullosa de vos, Liat. Habéis sido muy amable.

—Sólo quería que supiera que no es un monstruo. Sólo es un hombre que no puede hablar. A veces a mí tampoco me gusta hablar. Sobre todo cuando me siento solo y triste.

—Lo entiendo. Supongo que a todo el mundo le pasa lo mismo. Bueno —susurró cuando llegaron a la habitación—. La noche no estuvo mal, ¿no? Lord Stamford os miró y se dirigió a vos.

Liat asintió.

—Sí, señorita. Pero puede que eso sea aún peor.

—¿Por qué?

—Ahora tengo que preocuparme por contestar sus preguntas.

Mientras lo ayudaba a desvestirse, Olivia se solidarizó con el chico. Sin duda era preferible ser ignorado por el señor de la casa antes que ser objeto de su cólera.

En el futuro trataría de ser más discreta.

Decidida y resuelta, Olivia bajó nuevamente para tomar una taza de té. El pasillo estaba en sombras, y había charcos de cera alrededor de los candelabros. Sólo se oía el eco de sus pasos.

De pronto la joven se detuvo. Le pareció oír a alguien tras ella.

Se dio la vuelta, pero no vio a nadie, así que siguió adelante. Sin embargo, tenía la carne de gallina y no le cabía duda de que había alguien siguiéndola.

Se le agarrotó el estómago y tuvo que hacer acopio de todo el valor de que disponía para no echar a correr. Sujetando la larga falda del vestido, aceleró el paso y supo que el que la seguía había hecho lo mismo.

—¿Pembroke? ¿Señora Thornton? —exclamó con un hilo de voz.

Entonces se paró y al darse la vuelta vio una sombra fugaz.

Aquello no tenía sentido. Estaba dejando que los temores infantiles se apoderaran de su sentido común. ¿Quién podría haberla estado siguiendo?

Y sin embargo, estaba convencida de que había alguien en ese pasillo.

Olivia olvidó el té. Lo único que quería era encerrarse en su habitación. Empezó a correr, echando miradas por encima del hombro, hasta quedar sin aliento. Al doblar una esquina se estrelló contra un pecho musculoso. Unos brazos fuertes la agarraron.

La joven no pudo gritar. Se quedó de piedra y el aire le quemó los pulmones. Al levantar la vista se encontró con el serio rostro de lord Stamford.

—¿Qué pasa? —dijo él al sentirla temblar de miedo.

—No puedo... —ella recobró el aliento y trató de calmarse.

Le rodeó la cintura con ambos brazos y se aferró con todas sus fuerzas, aliviada.

—Dadme un momento, milord.

—Ss... —su voz se volvió suave—. Tómese su tiempo.

—Creí oír... pasos detrás de mí.

—Claro. Seguramente era uno de los criados.

—Milord...

—Ahora estáis bien, señorita St. John. Todo está bien...

No había terminado la frase cuando sus labios se posaron sobre los de ella.

No supo cómo ocurrió. Un momento antes le había ofrecido consuelo, y al siguiente le había dado un beso que quitaba el sentido. Ella sabía tan dulce y fresca como una suave neblina antes del amanecer.

El tacto de los labios de lord Stamford era tan distinto de los de Wyatt cuando había intentado forzarla... A pesar del halo de misterio que rodeaba a aquel hombre, había encontrado seguridad en su beso, y también placer. Una pasión de fuego a la que Olivia no tardó en sucumbir.

Las manos sobre sus hombros frágiles se tensaron. Ella podía sentir el curso errático de los latidos de su corazón, tan desbocado como el suyo propio. ¿Acaso sentía él el mismo impulso?

La chispa del deseo prendió rápidamente y Quenton pensó en cosas que hacía mucho tiempo había olvidado. La sola idea de hacerla suya en ese momento le hizo apartarse bruscamente. Un destello brilló en sus ojos un instante y le habló con frialdad.

—Deberíais ir a vuestra habitación, señorita St. John.

—Claro. Por supuesto —dijo Olivia haciendo un esfuerzo.

Al darse la vuelta sintió el peso de una mano sobre el hombro.

—Mejor será que cerréis con llave.

Ella esquivó su mirada.

—Para que podáis descansar mejor.

La joven asintió con la cabeza y se alejó rápidamente.

Él la vio entrar en su habitación y esperó a oír el sonido del pestillo al cerrarse.

Las manos le temblaban, así que cerró los puños y se alejó. Ella despertaba algo en él, algo que debía permanecer enterrado para siempre...

Quenton se detuvo en lo alto de la colina, en medio de un vendaval. El viento le golpeaba de lleno, pero sus pies se mantenían tan firmes como en la cubierta del barco. A su lado, el pelaje de su perro de caza ondeaba en la brisa. El mar había sido su refugio. No le habían tratado con deferencia por su apellido, sino que había tenido que ganarse el respeto de sus hombres con la espada y los puños. Allí, rodeado de marineros curtidos en los golpes de la vida, él no era más que otro hombre del mar.

Durante un tiempo, mientras luchaba en batallas ajenas, había logrado engañarse a sí mismo, creyendo que había dejado atrás el pasado, pero al volver se había dado cuenta de que sólo había conseguido esconder el dolor y la ira. Esos sentimientos rugían y hervían bajo la superficie.

Sus ojos se posaron en las lápidas cercanas. Allí reposaban sus padres y también su joven prometida, tan bella y llena de vida. Se hincó de rodillas frente a la tumba más reciente. Aquel anciano entrañable que había criado a sus dos nietos huérfanos con cariño y disciplina. ¿Cómo era que todo había salido tan mal? Quizá pesaba una maldición sobre los Stamford. En Jamaica una anciana de ojos negros había mirado en una bola de cristal...

«Hay uno que quiere lo que es vuestro. No sólo vuestra fortuna, sino aquello que amáis...».

Él había reído con ironía.

«Podría haber sido cierto en otra época, pero ahora no le doy valor a nada, excepto al barco que está bajo mis pies y a las noches cerradas en las que hago mi trabajo para su majestad».

Aquel comentario a la ligera había dejado atónita a la vidente.

«Creéis que no volverán a romperos el corazón si lo enterráis a mucha profundidad, pero os equivocáis, joven. Sólo estáis tratando de engañaros. Un día saldréis de las tinieblas».

«No. Eres tú quien se equivoca. ¿No ves que prefiero las tinieblas?».

Le había arrojado unas monedas con tanta soberbia como encerraban sus comentarios, pero aquellas palabras se habían grabado en su memoria y aún le atormentaban.

Quenton examinó la lápida sobre la tumba de su esposa. Con ella había sido muy feliz durante los primeros meses, pero todo se había desmoronado en poco tiempo. Él se había negado a admitir la verdad, pero ella se había vuelto fría y distante, disipando así todas las dudas. Antonia le había sido infiel. Los rumores acerca de un amante secreto habían estado en boca de todos, señalando a Bennett, pero él se había negado a creerlo. No era rabia ni celos lo que sentía cuando miraba a su hermano, sino vergüenza de no haber estado allí en su lugar. Resultaba desgarrador pensar en lo que se había convertido el joven y apuesto Bennett. El dolor corroía el alma de Quenton. Presenciar su sufrimiento le había hecho pedazos. Aquella familia feliz había quedado hecha añicos gracias al escándalo y la desesperación.

Quenton se estremeció y levantó la vista. Dos siluetas que avanzaban sobre los páramos llamaron su atención. Incluso a esa distancia podía distinguir el cabello negro azabache del chico y los rizos vivaces de la institutriz. Si se marchaba en ese momento podría evitarlos. Había ignorado a Olivia St. John desde la noche en que la había besado, pero algo le hizo quedarse en esa ocasión. Quizá fuera la curiosidad del chico, que señalaba algo sobre la hierba; o quizá fuera ella al agacharse para mostrarle lo que yacía en el suelo.

Quenton se quedó quieto y escuchó con atención. Sus voces llegaron con una ráfaga de viento.

—Es un pajarito. ¿Lo veis? Su madre está cerca, vigilando. Seguramente estaba dándole una clase de vuelo cuando se cayó al suelo.

—¿Puedo quedármelo?

—Oh, no, Liat. Eso no estaría bien. Necesita a su madre. Ella es la única que puede darle de comer y enseñarle lo que necesita saber para sobrevivir.

—¿Puedo agarrarlo?

—No, cariño. Su mamá se moriría de preocupación. Escuchad cómo llora.

El chico miró hacia el pájaro que revoloteaba a su alrededor.

—Dejadle, para que su madre pueda posarse a su lado. Vamos. Una carrera hasta esa roca —Olivia se sujetó la falda y echó a correr.

Liat hizo lo mismo y ella relajó el paso para darle ventaja. El niño puso una mano sobre la piedra y se volvió hacia ella con alegría.

—He ganado.

—Así es —Olivia se había ruborizado por el esfuerzo.

Justo entonces la expresión de su rostro cambió al ver a Quenton. El perro que le acompañaba lanzó un gruñido amenazante.

—Oh, lord Stamford. Disculpad. No os había visto.

—No os preocupéis, señorita St. John... Veo que habéis encontrado la ropa adecuada para el chico.

Miró a Liat, que llevaba unas buenas botas, pantalones de invierno y una gruesa chaqueta.

—¿Qué tal el paseo, chico?

—Bien, señor —sus ojos, antes rebosantes de alegría, se oscurecieron, esquivando la mirada de lord Stamford.

—Os he oído hablar de un pajarito. ¿Os importaría enseñármelo?

El chico se encogió de hombros.

—Claro.

Quenton siguió al niño y la niñera no tuvo más remedio que apretar el paso e ir tras ellos.

—La señorita St. John me dijo que no podía quedármelo.

—Tenía razón. Los bebés necesitan a sus madres.

Cuando se acercaron al lugar, la madre de los polluelos echó a volar una vez más, piando sin parar. El pajarito estaba sobre la hierba, y agitaba las alas en vano. Quenton murmuró algo y el perro se mantuvo a unos metros de distancia, quieto como una estatua.

—¿Qué le pasa a los polluelos que pierden a sus madres? —preguntó Liat.

—Otro tiene que llevárselos a casa para cuidar de ellos —Quenton se arrodilló junto al chico—. Pero no importa lo bien que los cuiden. Nunca es igual que estar con su madre.

—Yo sabría cómo cuidar de ellos.

—¿De verdad?

—Yo llevaría al polluelo a todas partes, le hablaría y lo querría mucho. Y cuando llorara por su madre, le cantaría como hacía ella —dijo Liat.

Quenton se puso de cuclillas y miró al niño con

curiosidad. Parecía que no sólo se refería al polluelo. Entonces se puso de pie y miró a la madre, que revoloteaba a su alrededor.

—Deberíamos irnos. Esta madre no va a cantar, sino a atacar con el pico... ¿Habéis aprendido el nombre de alguna planta o animal? —preguntó Quenton de camino a la mansión.

Liat asintió.

—Sí. La señorita St. John mencionó la Agri... Agri...

—Agrimonia Eupatoria —dijo Olivia.

—Ah, sí. —Quenton asintió—. La Agrimonia. Los griegos la llaman philanthropos porque las semillas se adhieren a la ropa de los viandantes.

Olivia se sorprendió ante los conocimientos de Quenton.

—¿Conocéis la Agrimonia?

—Un poco. Mi abuelo pensaba que era un remedio perfecto para el dolor de espalda.

—Vuestro abuelo sabía lo que hacía. ¿Lo veis, Liat? Las hierbas como la Agrimonia pueden servir para muchas cosas. Para curar heridas, para aliviar los problemas de hígado.

—La mejor cura es dejar de beber —dijo Quenton sin más.

Ella sacudió la cabeza.

—Mi padre me decía que un sorbo de licor calienta la sangre, despeja la cabeza y calma el alma.

Él sonrió.

—Creo que me hubiera gustado conocer a vuestro padre.

—No hubierais tenido elección. Conocer a papá era quererle.

—Entonces sois muy afortunada, señorita St. John.

Ella estaba preciosa. Su piel resplandecía y su cabello oscuro danzaba en el viento. Sin pensárselo dos veces le apartó un mechón de pelo de la cara.

Olivia se encogió ante un acto tan íntimo. Una ola de calor inundó sus mejillas y se acordó del beso que habían compartido en aquel pasillo en penumbra.

—La señorita St. John me dijo que sus padres están en el cielo con mi mamá —dijo Liat en un tono serio—. La señorita St. John dice que el cielo es el lugar adonde van los justos cuando mueren.

—¿De verdad? —el tono de Quenton se volvió un tanto irónico.

Hizo una breve reverencia.

—Ruego me disculpéis. Y manteneos lejos de los acantilados.

Sin decir nada más, se alejó bajo la atenta mirada de la niñera y su pupilo.

¿Qué podría haber causado un cambio de humor tan repentino? ¿Acaso estaba pensando en la madre de Liat? ¿O era culpa lo que sentía?

Olivia sintió un escalofrío.

—Vamos, Liat. Entremos y pidámosle a la cocinera que nos prepare una taza de té.

De camino a Blackthorne, Olivia reflexionó sobre lord Stamford. Todo el mundo creía que no tenía corazón. Y sin embargo, cuando le miraba a los ojos, no veía frialdad, sino un profundo dolor.

Olivia se estremeció y ahuyentó esos pensamientos. Lord Quenton no era merecedor de su compasión.

—Vamos, Liat —aligeró el paso—. El último que llegue es un... —se lo pensó mejor al recordar los insultos de la señora Thornton—. Un saltamontes.

El niño y la institutriz se echaron a reír mientras corrían por el páramo.

Seis

—Hola Minerva.

Olivia se detuvo cuando iba de camino hacia su habitación.

—Señorita St. John —Minerva se inclinó ante ella al entrar en el recibidor—. Iba a buscar el té del señor Bennett. Los días se hacen muy largos para él, estando encerrado en su habitación.

La joven sacudió la cabeza.

—El señor Bennett no ha salido de la casa en años, señorita.

—¿Su salud es tan frágil que no puede respirar el aire?

—No lo creo. Es sólo que... —se detuvo, mordiéndose el labio y mirando a su alrededor—. Se altera mucho si algo cambia su rutina. Creo que se siente seguro en su habitación.

—Seguro. Ya veo —Olivia miró hacia la puerta cerrada y tomó una decisión—. Mi padre decía que si no te arriesgas, no consigues nada. Creo que voy a invitar a Bennett y a dejar que él decida.

Sin que la sirvienta pudiera impedírselo, Olivia llamó a la puerta y entró. Él estaba sentado junto a la ventana. Un chal le cubría los encorvados hombros.

—Buenos días, Bennett. Hace un día estupendo. ¿No?

Él se quedó mirándola durante un momento y terminó asintiendo. Ella sonrió.

—Liat y yo vamos a pasear por los jardines. Me preguntaba si vos y Minerva querríais venir.

La joven criada entró tras ella.

—Señor Bennett, traté de explicarle que...

Olivia no la dejó terminar gracias a una sonrisa radiante.

—Le diría a uno de los chicos del establo que os baje. El sol ha salido esta mañana. Es el día perfecto para sentarse en el jardín.

Bennett no mostraba emoción alguna, pero seguía mirándola fijamente. Ella estaba a punto de rendirse cuando él hizo un gesto de aprobación.

—¿Os gustaría venir?

Él volvió a asentir.

—Fantástico —se volvió hacia Minerva—. Id a

buscar al chico del establo. Yo iré delante con Liat para buscar un banco apropiado a la luz del sol.

—Sí, señorita —la sirvienta los miró con preocupación y salió.

—Voy a recorrer toda la propiedad Stamford para hablar con los granjeros personalmente, Pembroke —Quenton andaba de un lado a otro, intranquilo—. Tan pronto como termine de examinar las cuentas.

—Muy bien, milord.

—Por lo que he podido ver, no tiene sentido —se detuvo y frunció el ceño—. La tierra parece dar buenas cosechas. El ganado está engordando. Y sin embargo, las cuentas de Stamford no hacen más que disminuir.

—La fortuna de lord Stamford disminuyó en los últimos años, milord. Quizá sus cifras fueran incorrectas.

—Eso pensé yo, pero no he encontrando errores en la gestión de mi abuelo —comenzó a deambular por el despacho nuevamente—. No importa. Llegaré al fondo de esto. Si es preciso, iré a Londres para hablar con los abogados —levantó la vista al oír que llamaban a la puerta.

El ama de llaves entró en la habitación.

—¿Sí, señora Thornton?

—Se trata de vuestro hermano, milord.

Quenton se puso pálido.

—¿Está enfermo?

—No, milord. Pero insiste... insiste en salir.

—¿Queréis decir que ha hablado?

—No, milord.

—¿Y entonces cómo podría insistir en algo?

—Esa criada descolorida... Minerva me lo dijo. Dice que la señorita St. John invitó al señor Bennett a dar un paseo por el jardín y él está empeñado en salir. ¿Lo veis?

Ella miró por encima del hombro de Quenton y señaló hacia afuera. Éste último fue hacia la ventana y contempló una escena inusual. Un muchacho musculoso llevaba en brazos a Bennett. Detrás iba la joven sirvienta, Minerva, seguida de otro muchacho, que llevaba un pesado butacón.

—Me parece que es mucho trabajo para los sirvientes, pero no veo qué hay de malo en ello, señora Thornton.

—Vuestro hermano no ha salido desde... —se detuvo y miró a Pembroke—. Hay que cuidar de él como si fuera un niño, milord.

Quenton se volvió hacia Pembroke.

—¿Estáis de acuerdo? —le preguntó.

El mayordomo fue hacia la ventana y asintió con tristeza.

—Vuestro abuelo temía que el señor Bennett se resfriara. En su estado, podría no superarlo. Si así lo deseáis, la señora Thornton puede ordenarles que vuelvan de inmediato.

—No —Quenton se tocó el brazo y corrió al otro extremo de la habitación—. Vos y yo nos ocuparemos de eso, Pembroke.

Seguido del mayordomo, lord Stamford bajó las escaleras y salió al jardín. El surco entre sus cejas se hizo más profundo. Había visto a la niñera dirigiéndose hacia los otros. Sin duda ese plan descabellado había sido idea suya. Parecía que estaba empeñada en meterse en asuntos que no eran de su incumbencia. Ya era hora de recordarle sus deberes.

Al acercarse oyó la voz de Minerva.

—Pensé que el señor Bennett estaría más cómodo en uno de los butacones —la joven criada puso unos cojines sobre el respaldar y le colocó una manta sobre las piernas.

Los dos mozos se quitaron el sombrero ante lord Stamford y volvieron a sus obligaciones.

—Me alegro mucho de que hayáis decidido acompañarnos, señor Bennett —Olivia se detuvo junto al butacón—. El aroma y los sonidos del jardín son muy agradables. ¿No creéis, Minerva?

—Sí, señorita —la empleada estaba nerviosa e impaciente.

Las dos mujeres levantaron la vista al ver que una sombra se cernía sobre ellas.

—Bueno, bueno, señorita St. John, casi lográis que le dé un ataque a la señora Thornton.

—¿Por qué?

—Por sacar a mi hermano sin su permiso.

—Pero yo se lo pregunté a Bennett y me dijo que quería unirse a nosotros.

—¿Y cómo lo hicisteis?

—Igual que todo el mundo. Bennett. ¿Deseáis estar aquí?

Él miró a su hermano y después a la señorita St. John antes de asentir. Ella se volvió hacia Quenton con una sonrisa, pero él se puso aún más serio y miró a su alrededor.

—¿Dónde está el chico que estaba a vuestro cuidado?

—Liat viene ahora mismo. Debe de estar jugando en el camino. Yo lo animo a que salte y haga ejercicio físico cuando salimos al exterior.

—¿De verdad? ¿Y por qué?

—Porque lo encontré un poco pálido y delgado cuando llegué. Los niños necesitan retozar y correr al aire libre. Y también necesitan gritar de vez en cuando para ejercitar los pulmones. ¿No estáis de acuerdo, señor Bennett?

El joven parecía sorprendido de que lo incluyeran en la conversación, así que sonrió y asintió.

—¿Lo veis? —Olivia sonrió de oreja a oreja—. Es una pena que los veranos de Inglaterra sean tan cortos. He tratado de hacer que Liat juegue fuera desde la mañana hasta primera hora de la tarde. Está durmiendo mejor y su apetito ha aumentado —se volvió hacia Bennett—. Vos quizá queráis hacer lo mismo. Un poco de aire fresco puede hacer milagros.

Quenton sintió el arranque de la rabia.

—Mi abuelo solía decir que el aire libre también puede traer resfriados, señorita St. John.

—Mis padres nunca apoyaron esa teoría, lord Stamford. Ellos me criaron al aire libre. Mi madre me decía que durmiera la siesta a la sombra de un árbol mientras ella y mi padre estudiaban las plantas. Ellos me dejaron acompañarlos en sus expediciones tan pronto como fui lo bastante mayor para correr tras ellos. Y no recuerdo haberme resfriado.

—Entonces sois muy afortunada porque habéis sido bendecida con una salud de hierro, señorita St. John, pero yo estoy preocupado por un hermano de salud... frágil.

—Eso es —ella lo miró con una sonrisa que obraba milagros en su corazón—. ¿Qué hay de malo en pasar la tarde en el jardín?

—Lo malo es que...

—¡Señorita! ¡Señorita!

Ante los gritos de Liat, Olivia echó a correr seguida de Quenton y Pembroke.

—¿Qué pasa? ¿Qué ocurre? —gritó Olivia al verle de rodillas junto al sendero.

—Mire, señorita. Una mariposa —señaló un ramillete de rosas rojas.

Ente los pétalos revoloteaba una mariposa de alas color lavanda iridiscente.

—Bueno, Liat. Sois muy afortunado —Olivia

respiró aliviada y se sentó a su lado—. Ésa es una Lycaena Helle. Es una de las mariposas más hermosas.

—¿De verdad, señorita?

—Sí —cuando la mariposa se posó en otra flor, ella se puso en pie y se alisó la falda—. Me han dicho que el rey cree que traen buena suerte.

—¿En serio?

Ella asintió. Quenton la miró anonadado.

—¿El rey, señorita St. John? Supongo que lo sabe de buena tinta.

—De la mejor. Mi padre me dijo que el rey Charles tenía una colección de mariposas. Pidió que le trajeran una Lycaena Helle porque su colección no estaría completa sin ella.

—¿Le mandamos ésta, señorita? —preguntó el chico.

Liat estaba tan serio que Olivia se echó a reír.

—Para hacer eso, tendríamos que matarla. ¿Eso queréis, Liat?

Las pupilas del niño se dilataron.

—Yo nunca haría eso.

—Me alegro de saberlo. Yo tampoco —Olivia lo miró pensativa—. Quizá os gustaría hacer lo que hacían mis padres cuando estudiaban las distintas especies. Hacían dibujos a colores y anotaban dónde las habían visto. ¿Os gustaría intentar dibujarla?

El niño asintió encantado.

—Sí, señorita.

—Entonces venid conmigo, y buscaremos los materiales de dibujo.

De vuelta a la mansión, Liat se adelantó seguido del perro, dejando atrás a Olivia y a Quenton. A cada paso que daba, más pesaba el silencio de Quenton. Parecía que trataba de mantener a raya la rabia que sentía. Tan pronto como llegaron a la silla de Bennett, Liat empezó a describir cómo era la mariposa.

—Era rosa y lavanda. La señorita St. John dijo que se llamaba... Licue... Lycaena Helle, una de las favoritas del rey. Pero yo no quería matarla y mandársela al rey, así que vamos a buscar lápices de colores para dibujarla —se volvió hacia la niñera—. ¿Podría mandar el dibujo al palacio real? El rey Charles podría ponerlo en su colección en lugar de la mariposa de verdad.

Olivia sonrió suavemente.

—Deberíamos pensarlo. Aunque creo que el rey ya ha visto unas cuantas.

Olivia le tendió la mano.

—Vamos, Liat. Buscaremos los materiales.

—No hay necesidad, señorita St. John.

Quenton estaba maravillado, no sólo por el entusiasmo del niño, sino también por la reacción de su hermano. Los ojos de Bennett se iluminaron al oírle describir la mariposa. Había seguido con la vista los gestos del chico y asentido al oír la idea del dibujo.

Lord Stamford se volvió hacia Pembroke.

—Que un criado traiga los materiales de dibujo de la señorita St. John.

—Muy bien, señor —Pembroke fue hacia la casa.

—Quizá debería llevar dentro al señor Bennett para que tome el té —Minerva miró hacia la casa con impaciencia.

—No es necesario, Pembroke —exclamó Quenton dirigiéndose al mayordomo—. Decidle a la señora Thornton que nos sirva el té y unas galletas también.

Pembroke se detuvo y se dio la vuelta.

—¿Té y galletas? ¿En el jardín, milord?

—Sí —Quenton ignoró el tono del mayordomo y le hizo señas para que se retirara.

Un rato más tarde, los sirvientes desfilaron ante ellos para llenar una mesa de exquisitos manjares. El té iba acompañado de pastas diversas, carnes, quesos, mermelada y gelatina.

Liat se tumbó sobre la hierba para dibujar la mariposa, que iba de flor en flor. Bennett estaba sentado a su lado y contemplaba sus progresos con interés. Minerva estaba detrás de la silla, atenta a sus necesidades.

—¿Vais a tomar aquí el té, milord? —la señora Thornton dio órdenes a los criados sobre cómo colocar la comida y los mandó de vuelta a la casa.

Los libros de cuentas de su abuelo le esperaban en el despacho, pero Quenton no quería irse todavía, y aunque quisiera engañarse a sí mismo, no era sólo por cuidar de su hermano.

—Sí. Por supuesto, señora Thornton —con aires de amo de la casa, se acomodó en uno de los bancos.

—Muy bien, señor —el ama de llaves sirvió el té y pasó las copas—. Si no necesitáis nada más, voy a volver a la casa.

—Gracias —Quenton le hizo señas para que se retirara y pensó en lo agradable que era sentarse a la luz del sol.

—Hay galletas, Liat —dijo Olivia.

—Sí, señorita. ¿Puedo terminar el dibujo primero?

—Claro que sí. ¿Galletas, Bennett?

—El señor Bennett no toma merienda —dijo Minerva con suavidad—. Pero quizá quiera tomar un poco de té.

—Tonterías —Olivia le llenó el plato de carne, queso, galletas y pastas—. El aire fresco sube el apetito.

Ante el asombro de Quenton, su hermano aceptó el plato y empezó a comer, sin dejar de mirar el dibujo de la mariposa.

—¿Queréis un poco más? —preguntó Minerva al ver que había vaciado el plato.

Él asintió.

La sirvienta se acercó a la mesa donde comían Quenton y Olivia.

—No puedo creer que se lo haya comido todo —susurró.

—Es como os dije —dijo Olivia convencida—.

Desde que empezamos a pasear, el apetito de Liat ha aumentado y duerme sin problemas.

Minerva miró a Quenton.

—Sería un milagro si el señor Bennett pudiera dormir una noche entera sin tener esos sueños horribles —susurró la criada.

Quenton puso la taza sobre la mesa con un gran estrépito.

Olivia miró a la joven sirvienta.

—¿Os quedáis por la noche con el señor Bennett?

—Sí. Duermo en el suelo junto a su cama, para poder ayudarle si me necesita.

—Qué dedicación —Olivia se dio cuenta de que no sólo ella se había sorprendido ante la confesión de Minerva.

Quenton la observaba con ojos atónitos.

—Siempre he admirado al señor Bennett. Cuando era sólo un niño, solía visitar el pueblo con su abuelo y era muy amable conmigo, así que cuando el difunto lord Stamford le pidió a la señora Thornton que buscara a alguien para su cuidado, yo me ofrecí.

—Pero tenéis que terminar muy cansada, cuidando de él día y noche —Olivia puso una mano sobre la de la joven—. Estoy segura de que la señora Thornton encontraría a alguien que os sustituyera de vez en cuando.

—Oh, no, señorita. Me gusta hacerlo. De verdad. Nadie podría cuidarle como yo —la joven llenó el plato y corrió junto a él.

—Mi hermano es muy afortunado de tener a un sirviente tan leal —dijo Quenton.

Olivia asintió con la cabeza, consciente de que había algo más que lealtad en juego.

—Habladme de vuestro hogar en Oxford, señorita St. John —dijo Quenton y le dio un sorbo a la taza de té.

—Era una casita de campo, tan pequeña como el establo de Blackthorne. Pero era muy acogedora y mis padres fueron muy felices allí —la joven se sonrojó bajo su mirada—. Les gustaba ayudarse el uno al otro en su trabajo y también me animaron a estar orgullosa del mío.

—Con recuerdos tan buenos, ¿qué la hizo marcharse?

—Cuando mis padres murieron, descubrí que el administrador de la propiedad era mi primo y su madre me llevó a vivir con ella a Londres —Olivia bajó la vista—. Pero no podía quedarme allí.

—¿Por qué?'

La mirada de la joven se perdió en el jardín para no tener que enfrentar esos ojos oscuros y profundos.

—Fue una experiencia muy desagradable.

—Lo siento mucho, señorita St. John, pero nosotros tuvimos mucha suerte.

Cuando ella le miró a los ojos, él carraspeó ligeramente.

—Quiero decir que Liat tuvo mucha suerte.

Aquello hizo volver la sonrisa de Olivia. Era la primera vez que llamaba al niño por su nombre.

—¿Entonces está contento con mi trabajo?

Al verla sonreír, Quenton sintió que un torrente caliente le quemaba las venas. Incapaz de articular palabra, se limitó a asentir una vez más.

—Creo que estoy haciendo progresos con el chico. Se ha abierto a los demás, y ya ha visto cómo trata a Bennett.

Quenton miró al niño en el momento en que se levantaba para enseñarles el dibujo a Bennett y a Minerva.

—Ya no tiene tanto miedo como cuando llegué —dijo Olivia—. Aunque creo que aún está triste. Añora su hogar.

—¿Habla de ello?

—No muy a menudo.

—Preferiría que no le preguntarais sobre su pasado, señorita St. John.

Ella sintió la tensión creciente, pero cuando Liat se acercó para enseñarles el dibujo, Quenton lo examinó atentamente y le dio su aprobación.

—Bien hecho, Liat. Viendo esto, todo el mundo sabría que es una Lycaena Helle.

Olivia pestañeó perpleja. ¿Cómo era que cambiaba de humor con tanta facilidad?

—Ahora que habéis terminado la mariposa, quizá queráis tomar una galleta, Liat —dijo la joven volviéndose hacia el niño.

—Sí, por favor. —el chico se sentó en una silla y se sirvió un poco de mermelada y galletas.

A lo lejos se oía el murmullo de las olas.

—¿Por qué el océano está siempre enfadado aquí en Cornwall? —preguntó mirando a Quenton.

—No está enfadado. Pero la marea rompe contra las piedras que están al pie del acantilado y eso provoca el estruendo.

—A veces lo oigo por la noche, cuando me despierto —el chico dejó a un lado la galleta—. Y también oigo el lamento del viento. Eso es lo que dijo la señorita St. John. La primera vez que lo oí me dieron muchas ganas de llorar. No me gusta cómo suena.

Quenton vio sonrojarse Olivia.

—Yo también lo oigo, por la noche —dijo Quenton—. Y a veces tampoco me gusta.

Con una mirada seria, Liat le dio otro mordisco a la galleta.

—La señorita St. John me dijo que había mariposas muy bonitas aquí en Inglaterra, pero yo no la creí. Pensaba que todas las mariposas del mundo vivían en mi isla.

Quenton volvió a quedarse pensativo. ¿Era ésa su reacción al oír hablar de Jamaica, o acaso se trataba de la madre de Liat?

Para no mirarle a los ojos Olivia bajó la vista y se fijó en el perro.

—¿Tiene nombre?

—Thor. Pero no deberíais acariciarlo, señorita St. John. Podría morder.

—Hola, Thor. Seguro que te gusta que te rasquen las orejas. ¿No? —Olivia lo acarició detrás de las orejas y el animal le lamió la mano.

—Le gustáis, señorita —dijo Liat, encantado.

—Eso parece —partió un trozo de galleta y se la ofreció al perro, que se la tragó de un bocado—. ¿Os dan miedo los perros, Liat?

El chico se lo pensó un poco.

—No lo creo. Me parece que tenía un perro en mi isla, pero ya no me acuerdo bien.

Quenton se levantó de la mesa de repente y el animal hizo lo mismo.

—Bennett —dijo—. ¿Qué te parece dar un paseo por el jardín antes de entrar?

Minerva miró al joven y dio voz a su pregunta silenciosa.

—¿Una vuelta, señor? Los chicos del establo han vuelto al trabajo.

—No hacen falta. Yo lo llevaré. —Quenton fue hacia su hermano y lo levantó de la silla.

Sin esperar a los demás, Quenton empezó a caminar por los senderos del jardín. A veces se detenía para que Bennett respirara la fragancia de las rosas y otras para admirar las fuentes del jardín.

—Quiero ir con ellos —dijo Liat.

—¿No vais a terminaros la galleta?

El niño sacudió la cabeza.

—Prefiero ir con lord Quenton y el señor Bennett.

—Muy bien —con el consentimiento de Olivia, el chico corrió tras ellos.

Olivia echó a andar, dispuesta a alcanzarle, y terminó absorta en sus pensamientos. Volvió a preguntarse si era una jugarreta del destino lo que la había llevado a ese lugar. ¿Había encontrado un refugio, o terminaría siendo arrastrada a las profundidades como la espuma del mar?

Siete

La pesadilla había vuelto. Olivia volvía a estar atrapada bajo Wyatt. Sus manos ásperas recorrían su cuerpo y ella no podía zafarse. Aquellos ojos, llenos de malicia, la observaban amenazantes y sus labios esbozaban una mueca de sonrisa. Ella se retorcía en vano, desesperada por escapar. Trataba de gritar, pero no podía emitir sonido alguno.

De pronto se incorporó en la cama. La habitación estaba a oscuras excepto por las ascuas que resplandecían en el hogar. Tenía el camisón empapado en sudor y el corazón le latía desbocado. Respiró profundamente varias veces y entonces se levantó de la cama. Empezó a deambular por la habitación. Wyatt aún tenía la habilidad de hacerle daño. Aunque estuviera lejos, se colaba en sus sueños y la hacía sentir tan indefensa como en aquella ocasión. ¿Era eso lo que le había ocurrido a Bennett? ¿Le habían hecho tanto daño que aún seguía atormentado?

Olivia se dijo a sí misma que sólo había sido un sueño. Si hubiera sido real, habría encontrado el coraje necesario para hacerle frente. Aún le dolía recordar que había sido una sirvienta quien la había salvado. De no haber sido por Letty... Olivia se estremeció al pensar en las chicas inocentes que habían sido forzadas por su despreciable primo.

Algo más calmada, dejó de andar por la habitación. Aún quedaban horas para la mañana, pero sabía que sería inútil intentar dormir. Se envolvió en un chal y salió de la habitación. Quizá se tranquilizaría con una taza de té. En el pasillo, el parpadeo de las velas arrojaba sombras grotescas sobre paredes y techo. A Olivia le dio un vuelco el corazón. ¿Acaso la estaban observando? ¿La estaban siguiendo? Se detuvo y se armó de valor para bajar las escaleras.

Sus pies descalzos no hacían ruido alguno de camino a la cocina. A la mañana siguiente, esa habitación estaría caliente gracias al fuego donde se asaban todo tipo de manjares. Los hornos despedirían un delicioso aroma a pan y galletas. Los sirvientes irían de un lado a otro, engullendo el desayuno a toda prisa mientras se preparaban para una jornada de quehaceres domésticos. Pero en ese momento, en la quietud de la noche, esa habitación, como todas las demás, dormía en silencio.

Olivia sintió un gran alivio al ver que el fuego aún ardía en el hogar. Echó agua en la tetera y la puso al fuego. Al darse la vuelta, vio una oscura silueta entre las sombras. Se llevó una mano a la boca para sofocar un grito.

—Oh, lord Stamford —soltó el aliento—. Sois vos.

Quenton se acercó y ella retrocedió un poco.

—Siento haberos asustado.

—No esperaba ver a nadie a esta hora. No podía dormir.

—Y pensasteis que una taza de té os ayudaría.

Ella asintió.

—¿Os apetece una taza?

Él levantó la mano y Olivia vio una botella llena de un licor color ámbar. Con la otra mano sostenía una copa.

—He encontrado mi propia cura para las noches en vela, señorita St. John.

Una vigilia turbulenta parecía atormentarle. Su pelo negro estaba revuelto y tenía la camisa entreabierta. El serio rictus de su rostro no dejaba lugar a dudas: él prefería estar solo. Olivia se quedó en blanco y dijo lo primero que le vino a la cabeza.

—Mi padre solía tomar una copa de coñac antes de acostarse.

—¿Ah, sí?

Ella asintió.

—A veces convencía a mi madre para que le acompañara.

—Qué atrevida. ¿Le gustaba?

Olivia no pudo reprimir la sonrisa.

—Decía que no la ayudaba mucho a dormir. En realidad la hacía espabilarse —Olivia sintió el rubor en las mejillas.

—Su padre era un hombre afortunado —aunque seria, la expresión de su rostro delataba un atisbo de sonrisa—. Quizá os gustaría tomar algo, señorita St. John —levantó la copa—. Veremos si reacciona igual que vuestra madre.

—Prefiero tomar un té —ella se apartó rápidamente para vigilar la tetera.

La luz de la lumbre dibujaba la silueta bajo aquel camisón de seda. Los ojos de Quenton se detuvieron en la suave curva de sus pechos. La bata se le había abierto, revelando unos senos firmes y turgentes bajo un corpiño abotonado hasta el cuello. Tenía una cintura tan pequeña que Quenton estaba seguro de que podría abarcarla con las manos. La luz del fuego encendía en llamas las puntas de una melena ondulada que caía en cascada sobre sus hombros.

Olivia se sirvió una taza de té y trató de buscar una forma de escapar a su habitación. Quenton se dio cuenta de que él era la causa de aquellos movimientos erráticos. Ella también había ido a la cocina en busca de tranquilidad. Sin embargo, no pudo evitar sentir cierto placer perverso al verla sentirse incómoda.

—Sentaos, señorita St. John —señaló una silla junto al hogar—. Poneos cómoda mientras tomáis el té.

Aunque deseaba escapar, no podía negarse, así que se sentó con las rodillas juntas y la espalda recta.

—¿Os gusta vuestro trabajo aquí, señorita St. John? —Quenton puso la jarra sobre la repisa del hogar y se apoyó en ella.

Entonces se volvió hacia la joven.

—Mucho. Liat es un niño muy bueno. Está deseoso de agradar. Es muy listo.

Quenton asintió.

—Vos habéis sido de gran ayuda para el chico. Esos paseos le han dado un poco de color —apartó la vista—. Teníais razón sobre los beneficios del aire fresco. Minerva me dijo que mi hermano durmió toda la noche después del paseo por el jardín. Dice que ha sido la primera vez en muchos años en que no le han despertado sus demonios.

Olivia sonrió efusivamente.

—Me alegro mucho. Temía haberme excedido en mis obligaciones —apartó la vista, evitando su mirada—. Sé que la señora Thornton se enojó cuando invité a Bennett a unirse a nosotros.

—La señora Thornton tiene la lengua muy afilada... Pero tiene un buen corazón —se apresuró a decir—. Y se preocupa por mi hermano a su manera. Lo vio al borde de la muerte y se ha vuelto muy protectora.

Olivia asintió con la cabeza.

—Entiendo. Yo reaccionaría de la misma forma si alguien intentara hacerle daño a Liat.

—Os prometo que nadie le hará daño al chico —dijo Quenton entre dientes.

Olivia sintió un escalofrío al oírle hablar así. ¿Acaso tenía miedo de él, o era algo mucho más primitivo?

De pronto cayó en la cuenta de que Quenton Stamford podría ser un enemigo peligroso, o un aliado leal o... un amante apasionado.

Olivia se preguntó de dónde había salido semejante pensamiento. Algo turbada, derramó un poco de té y tuvo que reprimir un grito de dolor.

—Os habéis quemado —Quenton se arrodilló delante de ella y le quitó la taza de té.

—No es nada —se sentía más avergonzada que dolorida.

—No os mováis —se quitó el pañuelo del cuello y lo apretó contra su mano.

Al sentir el tacto de su piel, Olivia se hundió en una ola de calor que le recorrió el brazo y la hizo apartarse al instante. En lugar de alejarse, él se acercó aún más y tomó su mano entre las suyas.

—Habéis tenido mucha suerte —se inclinó sobre ella para examinar la herida—. No parece que haya quemadura.

La joven sintió el deseo de tocarle el cabello. Entonces levantó una mano y, al rozarle ligeramente, sintió un cosquilleo en las puntas de los dedos. De pronto él se incorporó y la atrajo hacia sí, sin soltarle la mano.

—¿Duele? —le preguntó.

Su rostro estaba tan cerca que el calor de su aliento le acariciaba las mejillas.

Olivia sacudió la cabeza, pues no podía articular palabra. Al levantar la vista, quedó bajo el hechizo de esos ojos oscuros. Sin dejar de mirarla, Quenton se llevó su mano herida a los labios.

—No podría soportar que os hicieran daño.

El roce de aquellos labios sobre la piel lanzó una llamarada de fuego a través de su cuerpo y la hizo estremecerse.

—Por favor, yo...

—Sss...

Le dio un beso en la palma de la mano y a Olivia se le aceleró el pulso. Aquel derroche de ternura inusitada la dejó perpleja y no fue capaz de apartarse.

—Veo que os he incomodado, señorita St. John —en lugar de soltarla, le rodeó el rostro con las manos y la miró fijamente. Sus labios esbozaron un atisbo de sonrisa—. Ya que he cruzado el umbral del decoro, puedo hacer algo que la sorprenderá mucho más.

Quenton se acercó y la sujetó con fuerza cuando

Olivia trató de soltarse. Entonces puso sus labios sobre los de ella.

Una avalancha de calor emanaba de sus cuerpos y calentaba el aire. Aquél fue un beso tan desesperado que estuvieron a punto de consumirse en él. La primera reacción de Olivia fue golpearle en el pecho para tratar de apartarle. Lo único que tenía claro en ese momento era que debía resistirse a él y a la atracción que sentía por aquel hombre oscuro, peligroso. Sin embargo, tan pronto como besó sus labios, perdió la cordura. Sus caricias y besos no eran suaves y tiernos. Aquellas manos podrían haberla hecho pedazos de haberlo querido. La joven podía sentir su fuerza contenida.

Sus labios eran cálidos, firmes, persuasivos... y se movían sobre los de Olivia con la soltura de la experiencia.

Ella hundió los dedos en su pecho, pero él la rodeó con los brazos, atrayéndola hacia sí. Entonces la besó con frenesí.

Su sabor era tan oscuro y misterioso como la noche. Sus manos se movían arriba y abajo sobre la espalda de Olivia, acariciando hasta el último rincón. Con aquel beso, dio rienda suelta a los sentimientos que había enterrado durante muchos años. Soledad, vacío... Era un ansia tan profunda que nada podría satisfacerle.

La joven podía sentir su desesperación, tan grande como la suya propia. Aunque tímida e insegura, su respuesta fue sutil y delicada. Olivia dejó de luchar y le ofreció unos labios cálidos y dulces, abriéndose como una flor en primavera.

A Quenton no se le había ocurrido pensar que ése era un juego peligroso. La mujer que tenía en sus brazos era inocente. Él no tenía derecho a aprovecharse así. Y sin embargo, a pesar de ser un hombre sensato, no podía alejarse de ella. Se había dicho a sí mismo que sólo le robaría un beso, pero al final había sucumbido a la tentación y no podía parar.

Mientras la besaba, cayó en la cuenta. Aquella fragancia olvidada... Lavanda. Ella olía a un jardín de verano. Quenton llenó sus pulmones de aquel aroma, hundiéndose en él. Tuvo que hacer acopio de toda su fuerza de voluntad para apartarse. Los labios de Olivia estaban henchidos de pasión.

—Seguro que deseáis volver a vuestra habitación, señorita St. John —dijo en un susurro. Tenía la garganta seca y casi no podía hablar, pero tenía que parar antes de cometer un error irremediable.

—Sí. Yo... Sí —dijo Olivia sin aliento.

Él le dio la espalda para no ver la confusión en sus ojos.

—¿Vais a terminaros el té?

—No.

—Entonces si me disculpáis... —agarró la botella—. Os acompañaría, pero aún me queda un poco de brandy. No me gustaría desperdiciarlo.

—Por supuesto —Olivia se puso tensa. Si él quería fingir que no había pasado nada, ella haría lo mismo—. Buenas noches.

—Buenas noches —dijo él y la vio alejarse.

Entonces se bebió lo que quedaba del brandy. Las manos le temblaban sin cesar. Fue hacia la repisa y se sirvió otra copa, que se tomó de un trago. Con un poco de suerte, podría tomarse la jarra entera y así olvidar el dulce sabor a inocencia que aún tenía en los labios.

Con la mirada perdida en las llamas del hogar, contempló pensamientos tan oscuros como el cielo de medianoche. Aunque deseara posponerlo, el día siguiente sería un buen día para empezar la inspección de la propiedad Stamford. Quizá podría alargar el viaje durante unas cuantas semanas. Le llevaría mucho tiempo despojarse del deseo que aquella institutriz había despertado en él.

Sin embargo, él era el único culpable. Había jugado con fuego y se había quemado.

—Buenos días, señorita —Pembroke saludó a Olivia al pie de la escalera.

—Buenos días, Pembroke —Olivia trató de ahuyentar los miedos que había albergado durante toda la noche. Una vez más, había creído sentir unos pasos tras ella al abandonar la cocina la noche anterior.

Miró a su alrededor, preguntándose cómo reaccionaría al verle de nuevo. Se había pasado la noche en vela, reviviendo una y otra vez aquella escena de pasión.

—Liat y yo vamos a salir a pasear. Quizá el señor Bennett y su hermano quieran unirse a nosotros.

—Puede preguntarle a Minerva y a la señora Thornton por el señor Bennett, pero lord Quenton no está aquí, señorita.

—¿No está aquí?

—No, señorita. Lord Quenton se fue a primera hora para inspeccionar sus tierras. Estará fuera unas semanas.

—Ya veo. —Olivia se dio la vuelta para esconder su decepción—. Entonces iré a buscar a Minerva.

—Está arriba, atendiendo al señor Bennett.

—Gracias, Pembroke.

Olivia subió las escaleras, pero la alegría la había abandonado. Había sido una tonta al pensar que un simple beso afectaría a un hombre de mundo como lord Stamford. De alguna forma, se había convencido de que estaría allí, esperando por ella, loco de amor.

De pronto sintió el rubor en las mejillas, y trató de salir de aquella maraña de pensamientos confusos. ¿Cómo podía sentir algo así por el señor de la casa? Un hombre que había perdido a su esposa al pie de los acantilados, del que se decía que tenía un hijo bastando. Si esos rumores resultaban ciertos, él no era más que un canalla.

Y sin embargo, Olivia había visto su lado más dulce. De no haber sido así, nunca lo habría creído. Cuando no ignoraba a su hermano, se volvía tierno y amable en su presencia, y aunque rara vez se dirigía a Liat, se había mostrado muy protector en algunas ocasiones. ¿Acaso se trataba de una comedia? ¿Acaso se estaba engañando a sí misma? Quizá no estaba mirando con los ojos, sino con el corazón... Tenía que vigilar sus sentimientos. Ella no estaba preparada para lidiar con un hombre como lord Quenton Stamford.

Cuando Olivia subió, Pembroke volvió a la biblioteca. Thor levantó la cabeza y, al ver que no era su dueño, se volvió a tumbar sobre las patas delanteras.

—Estás tan triste como la joven niñera —Pembroke se agachó y le rascó las orejas—. Necesitas un poco de ánimo. Ven conmigo.

El mayordomo se detuvo ante la puerta de la cocina. La señora Thornton estaba regañando a la cocinera.

—No hay por qué cocinar tanta comida si el señor no está aquí. ¿Quién se la va a comer?

—El personal —la cocinera le hizo frente con las manos en las caderas.

—¿Y por qué habrías de preparar una comida especial sólo para ellos?

—Porque han estado quejándose.

El ama de llaves hizo un gesto de desaprobación.

—Es la refunfuñona de Edlyn. ¿No? Ya ha estado escupiendo veneno y revolucionando a los sirvientes.

—¿Y qué pasa si es así? La muchacha tiene derecho a decir lo que quiera.

—Si vuelve a decir lo que piensa y me lleva la contraria de nuevo la mandaré de vuelta al pueblo. Allí podrá ganarse el pan cuidando de los cerdos de lord Thane. Y ahora puedes...

Advirtió la presencia de Pembroke.

—¿Pembroke? ¿Necesitáis algo?

Él titubeó un instante. No quería entrometerse en terreno ajeno.

La cocinera y el ama de llaves no paraban de discutir, excepto en presencia de la joven institutriz. Ella sabía cómo limar asperezas y sacar lo mejor de las personas. Pembroke deseó que estuviese allí en ese momento.

—Quisiera una taza de té. Y algo de comer para el viejo Thor.

Los labios del ama de llaves dibujaron una sonrisa; todo un ejemplo de cordialidad.

—Ahora mismo os la preparó. A ver si tengo algo para el perro. Sentaos, hombre.

Pembroke se sentó en una silla y estiró sus largas piernas. La cocinera frunció el ceño al ver que la señora Thornton se apoderaba de su cocina, yendo de un lado a otro mientras preparaba el té y cortaba rebanadas de carne asada. En poco tiempo el mayordomo pudo disfrutar de su merienda mientras Thor se comía las últimas sobras.

—¿Qué es eso de echar a Edlyn? —preguntó Pembroke.

—Esa arpía no hace más que malmeter y causar problemas.

—Si lo deseáis, puedo vigilarla. Para que no... cause más problemas.

Sorprendida ante el ofrecimiento, la señora Thornton se le quedó mirando.

—¿Cómo es posible?

Pembroke sacudió la cabeza y se terminó la taza de té.

—No sé lo que queréis decir. Pensé que podría ser de ayuda.

—Sí. Bueno, os lo agradecería.

El mayordomo asintió.

—Gracias por el té.

—De nada.

Al alejarse de la cocina, seguido del perro, Pembroke se preguntó qué había pasado. Llevaba muchos años trabajando en esa casa, pero nunca había querido inmiscuirse en asuntos que no le concernían. Durante cuarenta y cinco años su máxima había sido «vive y deja vivir».

Había empezado en los establos, usando una pala que era más grande que él, y después lo habían empleado en la casa para mover troncos, echar carbón al fuego, y hacer todo lo posible para satisfacer a los señores. Finalmente había sucedido a su padre en el puesto de mayordomo.

Durante todos esos años, siempre se había mantenido al margen de pequeñas rencillas y no sabía por qué había decidido hacer una excepción. Quizá sí que conocía la respuesta.

La señorita St. John... Desde su llegada, nada había vuelto a ser como antes.

Ocho

Los días se hicieron más cálidos con la llegada del verano. Un hermoso verdor cubrió la tierra y el cielo se despejó. Los jardines eran todo un derroche de color y el aire tenía una agradable fragancia a lavanda y rosas. Todo cambió excepto el mar. Las olas siguieron rompiendo con toda la furia de la naturaleza contra las rocas que estaban al pie del acantilado, y el eco de aquel rugido retumbaba en todas las estancias de Blackthorne. Durante el día era como una sinfonía acompañada del canto de los pájaros, pero en la noche se convertía en una extraña y atormentada fuga al compás de los latidos de la casa durmiente.

Olivia y Liat iban de vuelta a la casa tras un paseo

por los páramos. Aunque nunca había visto un paisaje tan árido y desolado, la joven estaba fascinada. Enormes piedras del tamaño de barcos se apoyaban las unas contra las otras formando extrañas figuras. Las gaviotas sobrevolaban los acantilados y sus graznidos llenaban los cielos.

—Mirad, señorita —Liat señaló un jinete que se aproximaba a Blackthorne al galope—. ¿Es lord Stamford?

—Sí —el corazón de Olivia dio un vuelco.

—Ya regresa de su viaje por las tierras.

Lo vieron bajar del caballo. Un joven del establo tomó las riendas del animal. Quenton se volvió y miró hacia las colinas. No tardó en verlos a los lejos. Incluso a esa distancia Olivia sintió el poderoso influjo de su mirada. Las puertas estaban abiertas de par en par y Pembroke aguardaba en el umbral acompañado de Thor. El perro corrió hacia su amo con un ladrido de bienvenida. Cuando Liat y Olivia llegaron Quenton ya estaba encerrado en la biblioteca de su abuelo, revisando libros de cuentas.

Por la tarde, una Edlyn malhumorada fue a la habitación de Olivia.

—Lord Quenton ha pedido que usted y el chico cenen con él esta noche.

—Gracias, Edlyn. ¿Y el señor Bennett?

—Sí. También —la sirvienta resopló disgustada—. Tendríais que oír a Minerva. Ha estado muy intranquilo toda la tarde.

Olivia lo entendía muy bien. Ella misma se sentía muy nerviosa.

—Vamos, Liat. Hay que lavarse. No querréis presentaros así ante lord Stamford.

Cuando por fin bajaron al comedor, Olivia tenía los nervios bajo control. Había resuelto mantener la compostura y la ecuanimidad. Lo único que debía importarle era el comportamiento de Liat.

Como siempre, Pembroke aguardaba junto a las enormes puertas.

—Buenas noches, Pembroke —Olivia sonrió de oreja a oreja.

Liat le dio la mano.

El mayordomo asintió.

—Buenas noches señorita. Buenas noches, chico.

Abrió las puertas y se hizo a un lado para dejarles paso.

—Milord, la señorita St. John y el chico están aquí.

—Gracias, Pembroke.

Olivia se armó de valor al verle darse la vuelta. Había esperado encontrar un rostro apuesto y aristocrático; la misma mirada profunda, el gesto serio y ceñudo... En cambio, se encontró con un hombre de ojos cansados.

—Buenas noches, señorita St. John.

Ella agarró con fuerza la mano de Liat.

—Buenas noches, lord Stamford. Bienvenido a casa.

Él esbozó un atisbo de sonrisa y Thor corrió hacia ella con alegría.

—¿Té, señorita St. John? —Quenton señaló un opulento servicio de té que estaba sobre la mesa.

—Gracias.

La joven avanzó un poco y Quenton señaló una jarra.

—Y para ti, leche.

Liat pestañeó y sonrió con timidez.

—Sí, señor.

—¿Habéis estudiado mientras estuve fuera?

Liat asintió y aceptó un vaso de su tutor.

—He hecho un diario con todas las plantas y animales que me encuentro en los paseos. La señorita St. John me ayuda con las palabras, pero los dibujos son todos míos. ¿Os gustaría verlo?

—Claro. A lo mejor luego me paso por vuestra habitación y me lo enseñáis.

Las puertas se abrieron y Pembroke anunció la llegada del comensal que faltaba.

—Milord, el señor Bennett.

Todos levantaron la vista. El chico del establo llevó a Bennett hasta una silla junto a la lumbre. Minerva llevaba una manta. Después de acomodar a Bennett, pidió permiso para retirarse.

—Esperad, Minerva —dijo Quenton—. Quedaos y cenad con nosotros.

—¿Queréis que ayude al señor Bennett con la comida?

Quenton sacudió la cabeza.

—Eso lo hacéis siempre, pero vais a comer también. La última vez no comisteis nada.

—Milord —la sirvienta se puso tan roja como su pelo—. No estaría bien.

—¿Ya habéis comido?

—No, milord.

—Entonces comeréis con nosotros. No hay más que hablar.

La muchacha guardó silencio.

Olivia miró a Quenton de otra forma. Él era consciente de que la criada se quedaba sin cenar para cuidar de su hermano. Aunque aquella invitación hubiera sonado como una orden, también se preocupaba por Minerva.

En ese momento la señora Thornton entró en la habitación, insultando a los sirvientes como de costumbre.

—Pon más leña en el fuego, bellaco.

El joven arrojó unos enormes troncos al hogar como si fueran palos y abandonó la habitación.

—Tú, pies de plomo —le tiró de la oreja a una sirvienta que se movía lentamente—. Deja esa bandeja y date prisa.

Incómoda, Olivia miró a Quenton, pero él no se inmutó.

—Todo está listo, milord.

—Gracias, señora Thornton.

Él fue el primero en sentarse a la mesa. A Bennett lo pusieron a su izquierda, y Olivia y Liat se sentaron a la derecha.

—Podéis servir ya, señora Thornton.

Cuando todos estaban servidos, Quenton miró al ama de llaves.

—Decidle a la cocinera que el ganso es una elección excelente.

—Sí, milord. Le dije a esa cabeza hueca que si volvía a preparar cordero, yo misma la haría hervir en la olla.

Liat y Olivia no pudieron esconder las risitas y los labios de Quenton dibujaron una mueca antes de hacer retirarse al ama de llaves.

—Y bien, Minerva, ¿cómo ha estado mi hermano en mi ausencia?

—Muy bien, milord.

—¿Ha salido al jardín?

—Siempre que el tiempo lo permitía, milord.

—¿Y ha...? —miró a Olivia al sentir una mano sobre el brazo—. ¿Qué pasa?

—¿Por qué no se lo preguntáis directamente al señor Bennett? —le dijo ella en un susurro—. Sus oídos están en perfecto estado. Y a él le gustaría mucho que hablarais con él tal y como solíais hacer.

Quenton miró a su hermano.

—Dime, Bennett, ¿crees que el aire fresco te ha ayudado a dormir? —preguntó.

El joven inválido se quedó atónito y los otros

guardaron silencio. Finalmente logró hacer acopio de toda su entereza y asintió con un leve gesto.

—Entonces estás de acuerdo con la señorita St. John en que los paseos por el jardín son beneficiosos.

Bennett volvió a asentir, pero esa vez esbozó una sonrisa. Era la primera sonrisa que Olivia veía en sus labios. Satisfecho, Quenton se la devolvió y miró a su alrededor. Mientras los otros comían él continuó bebiendo cerveza.

Alguien llamó a la puerta y Pembroke corrió a abrir las puertas. Mantuvo una conversación en voz baja con el ama de llaves, que parecía más agobiada que nunca. Entonces se puso derecho y fue hacia la mesa.

—Milord —le entregó un documento a Quenton—. Hay un mensajero esperando una respuesta.

Quenton leyó el mensaje.

—Que la cocinera le dé de comer. Mejor será que pase la noche aquí.

—Sí, señor.

Pembroke se alejó y Quenton dio un sorbo a la copa de cerveza. Consciente de que todos lo miraban expectantes, les dio la noticia.

—El rey va a visitar Blackthorne.

—¿El rey Charles? —Olivia se paró en seco—. ¿Aquí?

Quenton asintió, disfrutando de su reacción.

—¿Pero por qué? —Olivia sacudió la cabeza, incapaz de encontrar una razón para semejante honor—. ¿Por qué querría venir aquí?

Quenton miró a su hermano.

—Cuando éramos jóvenes Bennett y yo solíamos pasar el verano con la familia real en Greenwich Park o en Whitehall.

—¿Pasabais el verano con la familia real?

Él asintió, sorprendido al ver la expresión de perplejidad en el rostro de Olivia.

—Cuando su difunto padre, el rey Charles, fue ejecutado, la familia se dispersó. El joven Charles pasó mucho tiempo en París y en La Haya. Yo solía visitarlo con frecuencia. Ha tenido que superar muchos obstáculos para ser rey, y ahora que lo ha conseguido, está muy contento. Ha decidido tomarse unas vacaciones aquí en Blackthorne.

El color afloró a las mejillas de Olivia al recordar aquel comentario sobre la colección de mariposas del rey. No era de extrañar que la mirara de esa forma. Lord Stamford no sólo sabía de su existencia, sino que la habría visto muchas veces.

—¿Podremos ver al rey desde el balcón? —preguntó Liat con timidez—. O a lo mejor podemos verle desde las ventanas mientras pasea por el jardín.

—Silencio, Liat —Olivia se llevó un dedo a los labios—. ¿Qué derecho tendríamos a...?

—¿Verle desde las ventanas? No, chico —se puso en pie—. Todos estáis invitados a acompañar al rey en su paseo por el jardín. Y a dondequiera que vaya.

Aquello era demasiado para Olivia. A la joven se le ahogaron las palabras.

—¿Acompañarle?

Quenton fue hacia el hogar y los otros hicieron lo mismo. El chico del establo llevó a Bennett hasta su silla frente al fuego.

—Por supuesto, señorita St. John. ¿O es que pensabais esconderos hasta que abandonara Blackthorne?

—Yo pensé que... Es el rey. No podemos andar a su lado así como así y comportarnos como siempre.

—¿Y por qué no?

—¿Qué podríamos decirle al rey? ¿Cómo podríamos comportarnos?

—En público sólo podéis hablarle cuando él se dirija a vos, pero en privado podéis dirigiros a él con total libertad. Y eso es algo que a vos se le ha dado muy bien desde vuestra llegada a Blackthorne.

Olivia le clavó la mirada.

—Os estáis riendo de mí, lord Stamford —tomó a Liat de la mano—. Vamos. Es hora de irse a la cama.

Estaban a punto de retirarse cuando Quenton los llamó.

—Una advertencia, señorita St. John. Cuando estén en compañía del rey, nunca le den la espalda. Y no penséis en abandonar la habitación hasta que el rey lo haya hecho. Nadie abandona la habitación hasta que el rey da su permiso.

—Lo recordaré, milord. Y también espero que recordéis que vos no sois el rey. No necesito el permiso de nadie para retirarme a mi habitación.

Lord Stamford la fulminó con la mirada. Olivia tomó a Liat de la mano y salió del comedor.

—¿Quieres retirarte ya, Bennett? —le preguntó a su hermano, que no podía contener los bostezos.

El joven asintió. Sin esperar a los jóvenes del establo, Quenton lo levantó de la silla y lo llevó a su habitación. Tras dejar a Bennett al cuidado de su joven sirvienta, fue a buscar a Liat. Al entrar en los aposentos del chico, oyó voces en la habitación interior.

—Puedo enseñarle al rey mi dibujo de la mariposa.

El entusiasmo del chico hizo sonreír a Olivia.

—Seguro que al rey le encantaría vuestro dibujo, pero creo que tiene cosas más importantes que hacer.

—En absoluto —Quenton se detuvo en el umbral y le guiñó un ojo a Liat—. Después de todo, seguro que al rey le gustaría hablar con alguien a quien también le gustan las mariposas.

—¿Vinisteis a ver mis dibujos? —preguntó Liat.

—Sí —contestó Quenton.

El chico, con el pijama puesto, corrió hasta el otro extremo de la habitación y volvió con sus dibujos. Los esparció en el suelo y Quenton tuvo que arrodillarse para examinarlos. Aquéllos no eran los dibujos infantiles que había esperado. Se podían apreciar las distintas especies de mariposas e insectos, así como rosas cuidadosamente delineadas.

—Son muy buenos, chico —le dijo.

Liat esbozó una tímida sonrisa.

—Gracias, señor.

—Y ahora que los he visto, debo insistir en que se los enseñéis al rey.

—¿De verdad?

—Sí. Sabe mucho de arte y ciencia. Creo que podrá identificarse con vos. Y con vos, señorita St. John.

Ella asintió.

—Bueno, Liat... —Quenton lo ayudó a recoger los dibujos—. Creo que es hora de meterse en la cama, o nos va a caer una buena.

El chico puso los papeles sobre el escritorio y fue hacia la cama. Quenton observó a Olivia mientras le arropaba.

—¿Escucharéis mis plegarias, señor? —preguntó Liat.

—Sí —Quenton se acercó.

—Bendecid a mamá, que está con los ángeles, y bendecid a lord Stamford, que me ha dado esta cama. Y bendecid a la señorita St. John, que me da besos.

—Os da besos, ¿no? —Quenton no pudo ocultar la sonrisa mientras le acariciaba el pelo a Liat—. Tendré que hablar con vuestra institutriz al respecto.

—Sólo me da besos de buenas noches, o cuando estoy asustado. Y algunas veces porque le apetece.

—Bueno, está bien. Buenas noches, chico.

—Buenas noches, señor. Señorita.

Olivia le dio un beso en la mejilla y salió de la habitación, precedida de Quenton. Al llegar a la salita de estar, se volvió hacia su habitación y se detuvo junto a la puerta.

—Habéis sido muy amable al incluirme en la visita del rey Charles, pero no estaría bien por mi parte aceptar.

Su tono era tan solemne y serio, que lord Stamford estuvo a punto de reír.

—¿Y por qué?

—Soy poco más que una sirvienta en vuestra casa, lord Stamford. No tengo derecho a estar en compañía del rey.

—Si sólo os creéis una sirvienta, ¿cómo es que tenéis la lengua tan afilada, sobre todo con el amo de la casa?

Un destello atravesó las pupilas de Olivia.

—¿Es que estáis acostumbrado a las mujeres de palabras dulces y cabezas huecas?

—Por Dios, sí que ponéis a prueba mi paciencia— dijo Quenton, exasperado—. Deberíais recordar que estáis aquí por mí. Puedo haceros volver a Londres mañana por la mañana.

Él vio un atisbo de emoción en sus ojos, pero la joven se recompuso al momento.

—¿Me estáis ordenando que haga la maleta?

—No me tentéis —la agarró con fuerza de la barbilla, de forma que Olivia no podía zafarse—. Sí que me tentáis, más a menudo de lo que quisiera admitir —añadió en un susurro.

La joven sintió el cosquilleo que siempre precedía a sus caricias. Durante un instante estuvo convencida de que iba a besarla. Él no apartaba la mirada de sus labios y a Olivia se le aceleró el pulso.

De pronto dio un paso atrás y la miró de arriba abajo. A Olivia le hirvió la sangre.

—Le diré a la señora Thornton que haga venir al sastre del pueblo. Necesitáis ropa.

—¿Ropa? —repitió Olivia, anonadada.

—Para que seáis digna de acompañar al rey.

Quenton se alejó rápidamente.

Al volverse, Olivia creyó ver una sombra al final del pasillo, pero lo achacó a su propia imaginación. Debía de haber muchos sirvientes en la planta superior.

Y sin embargo, no pudo evitar que un escalofrío le recorriera la espalda. Entró en su habitación a toda prisa y se apoyó sobre la puerta cerrada mientras escuchaba atentamente, pero todo lo que oyó fueron los latidos de su corazón. Un profundo silencio dominaba aquella vieja mansión al caer la noche.

Nueve

—Pembroke —Quenton estaba frente a las ventanas de la biblioteca, observando a Olivia y a Liat en su paseo por el jardín.

Últimamente pasaba mucho tiempo delante de esas ventanas. A pesar de lo urgente que era aclarar las cuentas de su abuelo, la escena que tenía ante sus ojos era mucho más interesante.

—¿Cómo lo lleva la señora Thornton ante la inminente visita del rey?

—Como cabría esperar, milord, está un poco nerviosa.

Quenton sonrió. Aquello era como decir que el océano estaba un poco húmedo.

—La vi hace un rato, hablando con unas chicas

del pueblo a las que han contratado para ayudar con las tareas domésticas. Se fue dejando un rastro de improperios típicos.

—Sí, milord. Tiene mucho genio.

Quenton miró al mayordomo. Su expresión, tan indulgente como siempre, no había cambiado en absoluto, pero su tono revelaba algo de admiración.

Lord Stamford se volvió hacia la ventana. Un chico del establo acababa de acomodar a Bennett en una silla y Minerva le estaba poniendo una manta por encima de los hombros.

—¿Creéis que debería contratar a más mujeres del pueblo, para darle un respiro a la señora Thornton?

—No, milord. Eso podría hacerla pensar que no la creéis capaz de ocuparse de todos los preparativos.

—¿Y es capaz de ocuparse, Pembroke?

—Sí, milord. Si fuera necesario, la señora Thornton podría ocuparse de todo Blackthorne ella sola. Es sólo que se exalta con facilidad. Hace una montaña de un grano de arena, pero es una mujer muy competente y, a pesar de todos esos juramentos, tiene buen corazón.

Miró por encima del hombro de Quenton.

—¿Le digo que os sirva el té en el jardín, milord?

—Sí —al ver que Pembroke lo miraba extrañado, le dio una explicación—. Creo que es mi obligación interesarme por mi hermano en un día tan bueno como hoy.

Lord Stamford se alejó seguido de Thor y Pembroke esbozó una sonrisa.

—Mirad lo que he dibujado —al ver a Quenton, Liat fue a su encuentro. Llevaba un dibujo de una mariposa.

—Ah. Una Brintesia Circe. ¿Es para el rey?

—Sí, milord. La señorita St. John dice que es el mejor que he hecho.

—Es cierto —Quenton miró a su alrededor—. ¿Dónde está vuestra niñera?

—Allí. Hablando con el señor Bennett.

—¿Os gustaría dar un paseo conmigo?

—No, señor. Si no le importa, me gustaría buscar más mariposas.

Quenton sonrió y le vio alejarse entusiasmado. Parecía que la futura visita del rey había revolucionado a toda la casa.

Siguió por la senda del jardín y se acercó a su hermano. Podía oír la voz de Olivia, que hablaba animadamente.

—... diez o doce y estábamos de vacaciones. Yo llevaba un vestido nuevo. Era amarillo limón, y tenía un cinturón amarillo. Nunca lo olvidaré. Mi padre me llamaba su pequeña margarita. Oh, yo estaba tan orgullosa de ese vestido... Íbamos a ver a un grupo de profesores de Oxford en un parque cercano. De camino, papá me enseñó una Apatura Ilia, una preciosa mariposa color bronce y naranja. Yo corrí tras ella, decidida a atraparla cuando se posase.

Quenton se detuvo, a punto de interrumpir su historia. La joven ignoraba su presencia porque estaba de espaldas. Aquélla era por tanto la oportunidad perfecta para escuchar y observar.

Su risa, clara y dulce, voló con la brisa marina.

—Estaba tan absorta mirando la mariposa que no miré por dónde iba. Lo único que sé es que acabé en medio de un pantano. El barro me llegaba hasta las rodillas.

—Oh, señorita —interesada en la historia, Minerva se llevó una mano a la boca—. ¿Y qué hicisteis?

—¿Qué podía hacer? Era demasiado tarde para salvar el vestido, pero agarré la mariposa y cuando se la enseñé a mis padres, en lugar de enfadarse, se partieron de risa.

—¿Se rieron? —Minerva no podía creérselo—. ¿A pesar de destrozar el vestido nuevo?

—Sí —con sólo pensar en ello, Olivia se echó a reír—. Mamá me dijo que no me preocupara, que el barro se quitaría con un lavado. Y papá me dijo que acababa de probar una vez más que era su hija. Me dijo que él solía hacer lo mismo, y que no era malo por eso.

—Parece que teníais una familia cariñosa, señorita —dijo Minerva.

—Sí. No podríamos haber sido más felices. Incluso ahora me cuesta creer que ya no estén.

Al oír su voz melancólica, Minerva levantó la

vista y, al ver a Quenton justo detrás, se levantó de golpe y se alisó la falda.

—Oh, lord Stamford, disculpadme. No os había visto.

—No pasa nada, Minerva. Quedaos donde estáis —dio una paso adelante—. Estaba escuchando la historia de la señorita St. John.

Olivia se sonrojó.

—Mejor voy a buscar a Liat.

—No os preocupéis. El chico está bien. Está haciendo lo que vos acabáis de contar. Buscar mariposas. Por suerte, no hay pantanos en el jardín —se volvió hacia su hermano—. ¿Cómo te encuentras hoy, Bennett? ¿Dormiste bien anoche?

Bennett asintió.

—Bien. Me lo imaginaba. Tienes muy buen color. ¿Crees que al rey le gustará nuestro jardín?

Bennett volvió a asentir.

—Yo lo creo así.

Olivia lo miró detenidamente. Nunca había parecido tan relajado en compañía de su hermano.

—Creo que voy a ver si Liat está bien —dijo y se puso en pie.

—Iré con usted, señorita St. John —dijo Quenton y al darse la vuelta se dirigió a Minerva—. Me van a servir el té aquí fuera. La señora Thornton lo traerá enseguida. Por favor, no nos esperéis. Sé que a Bennett le gusta tomar el té caliente.

—Sí, milord.

Olivia no fue la única en notar el buen humor de lord Quenton. Tanto Minerva como Bennett se quedaron perplejos al verle alejarse junto a la niñera.

—¿Lo veis? —dijo Quenton cuando estaban a cierta distancia—. Ahí está el chico. En el jardín de rosas, dibujando otra mariposa.

Olivia sonrió al verle dibujar con esmero. En el boceto se podía ver la rama de un rosal. En la rosa se había posado una Anthocharis Belia, cuyas alas apenas empezaban a tomar forma.

El perro se acercó y Liat se detuvo para acariciarlo.

Quenton condujo a Olivia hasta un banco.

—Esperemos aquí mientras termina.

—Vuestro hermano está impaciente por ver al rey —dijo ella.

—¿Cómo lo sabéis?

—Puedo sentir su emoción. Tiene muy buen semblante y hay una chispa en sus ojos que jamás había visto.

Quenton apartó la vista.

—Ojalá hubiera un modo de incluirle en todas las actividades durante la estancia del rey, pero podría ser complicado. Sobre todo si Charles quiere ir de caza.

—Oh —sin pensarlo, Olivia le puso una mano en el brazo—. No podéis excluir a Bennett. Le romperíais el corazón.

Quenton cerró su mano sobre la de ella.

—¿Creéis que no lo sé? Lo último que quiero es

hacerle daño, pero con todo el trabajo que implicará esta visita, no estoy seguro de poder emplear a un criado en llevarle a todas partes. Un día de caza junto al rey podría resultar demasiado para alguien con una salud tan frágil como mi hermano —bajó la voz—. No creo que pudiera soportar volver a verle consumirse.

—Eso no pasará. Yo no le dejaré —Olivia le apretó la mano—. Sólo tendremos que encontrar una manera... —Olivia vio un carretón de heno a lo lejos—. Claro. Ahí está la solución.

Quenton siguió su mirada y resopló con disgusto.

—¿Esperáis que saque a mi hermano en un carretón de heno?

—¿No podrían hacer uno más pequeño en el pueblo? Si las ruedas son lo bastante pequeñas y la madera lo bastante liviana, uno de los criados podría empujarlo fácilmente.

Quenton parecía estar pensándolo.

—Tendría que ser lo bastante amplio para que pueda recostarse cuando esté cansado. Debe ser lo bastante grande para ponerle una almohada —dijo Olivia.

—Sí... Y ya que estamos en ello, una silla de ruedas para la casa.

—Oh, sí —Olivia se dejó llevar—. Quenton, pensad en la libertad que le daríais. Y el placer...

Él la miró fijamente.

—¿Cómo habéis dicho?

—He dicho que le daríais mucha libertad...
—No. Antes de eso.
Olivia le miró sorprendida.
—Habéis dicho mi nombre.
—¿De verdad? Lo siento...
—Olivia... —le puso un dedo sobre los labios para hacerla callar—. Quiero oíros decirlo de nuevo. Decid mi nombre.
Ella respiró hondo.
—Quenton... —susurró.
—De nuevo, por favor.
A Olivia le falló la voz.
—Quenton...
Durante una eternidad él la miró a los ojos. Entonces le apartó el pelo de la mejilla, dejando que sus dedos se enredaran en él. Se acercó un poco más y se detuvo a un centímetro de los labios de Olivia.
—¿Sabéis lo especial que sois para mí?
Ella tenía miedo de hablar, de respirar, de estropear el momento...
—Tengo que besaros, Olivia —se inclinó un poco más y rozó sus labios con los de ella.
No fue más que una caricia, pero llamaradas de pasión corrieron por las venas de la joven y el corazón se le llenó de amor. Quenton le rodeó la cabeza con una mano y enredó los dedos en su cabello. Entonces, estrelló sus labios contra los de Olivia con frenesí.
Ella le rodeó el cuello con los brazos y le devol-

vió el beso con una pasión que lo dejó sorprendido. Con un suspiro de placer, él la atrajo hacia sí para sentir el contorno de su cuerpo. A pesar de la ropa, podía sentir sus pechos turgentes apretados contra el pecho. Las manos de Quenton se movían a lo largo de su silueta, acariciando las suaves curvas, apretando pezones excitados. Sin aliento, ella trató de apartarle, pero él cambió el ángulo del beso, moviendo las manos por su espalda, despertando su pasión... Al llegar a la curva de sus caderas, Quenton la apretó contra él.

—Quenton —Olivia le miró confundida.

—Ss. Un minuto más —la besó en los labios, las mejillas, la nariz...

Su boca siguió la línea de la barbilla hasta llegar a la comisura de los labios de la joven. Incapaz de resistir la tentación, ella volvió la cara y recibió un beso cálido y apasionado. Parecía que iban a devorarse el uno al otro.

—Señorita St. John.

Al oír la voz de Liat se quedaron paralizados.

—Venid pronto. Creo que éste es mi mejor dibujo.

—Yo... —Olivia tragó con dificultad y trató de hablar—. Ya voy, Liat.

Se volvió hacia Quenton, que no había dejado de mirarla ni un segundo. Poco a poco, la oscura pasión que inundaba sus ojos dio paso a una expresión de ternura. Él apoyó la frente sobre la de ella y rió.

Aquél era el sonido más glorioso que Olivia había oído en toda su vida... y también era contagioso. En unos pocos segundos la joven se echó a reír hasta llorar del esfuerzo. Él se sacó un pañuelo del bolsillo y le secó las lágrimas.

—Recordadme que busque un lugar más íntimo la próxima vez.

—Si, milord —ella señaló un árbol—. Deberíamos dar gracias de que esté ahí. De lo contrario les habríamos dado mucho de que hablar a los sirvientes.

—Dejad que hablen. Tan sólo es otro rumor que pueden extender —le ofreció una mano y juntos fueron adonde estaba el chico.

—Mirad, señorita —Liat levantó el dibujo—. ¿Creéis que es digno de que el rey lo vea?

—Desde luego —Olivia se lo enseñó a Quenton, que lo examinó atentamente antes de devolvérselo a Liat.

—Bien hecho, Liat. Ahora, vamos a tomar el té con los otros.

De camino por la senda del jardín, Olivia sintió un bienestar que nunca antes había conocido. Había sido un día maravilloso. Quenton ya llamaba a Liat por su nombre y habían encontrado un vehículo para Bennett, pero, sobre todo, Quenton Stamford había despertado sentimientos que ella no creía poseer. Con el corazón rebosante de felicidad, Olivia estaba segura de que nada podría estropearlo, y tenía tanta confianza en sí misma que ya no tenía miedo de conocer al rey.

—Un momento, señorita St. John —la costurera del pueblo llevaba un extraño delantal lleno de bolsillos repletos de agujas, hilo, tijeras, alfileres... La cama estaba llena de telas en colores vivos, chales elegantes, sombreros, plumas, encaje...

Dos chicas del pueblo iban de un lado a otro, cargando telas y conjuntando vestidos con toda clase de accesorios.

La modista le había dicho a Olivia que se estuviera quieta sobre el taburete, mientras le tomaba las medidas y ponía alfileres.

—Muy bien, señorita St. John. Venid —la costurera la ayudó a bajarse del taburete—. A ver qué opina lord Stamford de éste.

Olivia acompañó a la mujer a la sala de estar.

—Es el mejor satén, milord. ¿Ve cómo brilla bajo la luz? Y el rojo rubí hace contraste con el cabello oscuro de la señorita. Creo que voy a poner encaje en el corpiño... Y más en las mangas. La señorita parecerá una reina, milord.

—Desde luego —Quenton asintió e hizo un gesto de aprobación—. ¿Qué más?

—Un momento, milord —la costurera agarró del brazo a Olivia y la llevó de vuelta a la habitación al tiempo que daba órdenes a las ayudantes.

Media hora después volvieron a la otra habitación para enseñar un vestido de terciopelo azul.

Tras dar su aprobación, Quenton encargó otra media docena de vestidos, un traje de amazona, una capa y las botas más suaves y elegantes que Olivia había visto jamás.

Cuando por fin salió de la habitación, la costurera estaba guardándose unas monedas.

—Descuide, milord. La ropa estará lista a tiempo. Yo he enseñado a mis dos sobrinas, que trabajarán conmigo. Su puntada es fina y regular, y yo examinaré cada costura personalmente. Si es necesario, trabajaremos toda la noche para que los trajes estén listos antes de la llegada de su majestad.

—Gracias, señora Smeed. La señora Thornton me aseguró que quedaría satisfecho con su trabajo.

En ese momento entró el ama de llaves, con el peinado desecho y la frente empapada en sudor.

Quenton le sonrió.

—Podéis acompañar a la señora Smeed a la puerta.

—Sí, milord.

Las dos mujeres salieron apresuradamente seguidas de las dos muchachas, que iban cargadas de telas.

Quenton se volvió hacia Olivia, de pie junto a la puerta de su habitación.

—¿Qué voy a hacer con todas las cosas que ha dejado la señora Smeed?

—¿Cosas?

—Hay lazos, peines, pañuelos de encaje y un chal precioso.

—Son vuestros, Olivia.

Ella sacudió la cabeza.

—No puedo aceptarlo. Mi padre me decía que nunca aceptara más de lo que me había ganado.

Él fue hacia ella y la tomó de la mano. Entonces se dio cuenta de que estaba temblando.

—Os habéis ganado esto y mucho más.

—Ya me han pagado bien. Vivo en una casa preciosa y ocupo una suite de habitaciones maravillosas. Eso es lo que me he ganado, y nada más. ¿Por qué tendría que aceptar cosas tan bonitas?

—Porque me hace feliz daros algo —Olivia empezó a protestar, pero él la interrumpió—. Y lo haréis porque insisto, porque el rey va a venir a Blackthorne, y porque es importante para mí que todos tengamos nuestra mejor apariencia. Y os prometo una cosa. Una vez se haya marchado el rey, ya no tendréis que llevarlas —dijo con dulzura—. La elección es vuestra. ¿Os parece bien?

La joven asintió con la cabeza.

—Bien —Quenton le puso un mechón de pelo detrás de la oreja y pensó en besarla.

Quería hacerlo desesperadamente, pero en la intimidad de la habitación no sería capaz de parar una vez empezara.

Lo más sensato era marcharse tan pronto como fuera posible.

Mientras caminaba por el pasillo de camino a su habitación, tuvo la extraña sensación de que alguien le seguía. Se dio la vuelta, pero allí no había nadie. Una sombra se escurrió por una esquina.

Quenton miró a su alrededor en busca de Thor. Al pasar por delante de un armario de la ropa de cama, oyó unos arañazos sobre la pared. Abrió la puerta y Thor salió de golpe. Dentro encontró los restos de una pata de cordero.

—Así que robando, Thor. Eso no es propio de ti. Si te encuentra la cocinera, te retorcerá el pescuezo.

Quenton recogió el hueso y se lo guardó en el bolsillo. Por lo menos, no tomarían cordero para la cena.

Diez

El día amaneció radiante y glorioso. El sol caliente había disipado las brumas nocturnas y las ramas de los árboles se mecían en una suave brisa. Era el día perfecto para la llegada del rey. Olivia ordenó que le prepararan el baño y la ropa a Liat.

Un destacamento de alarbarderos de la Casa Real había llegado esa mañana, portando el estandarte real. Tan pronto como el rey Charles hiciera acto de presencia en Blackthorne, izarían la bandera para informar al populacho de la llegada del monarca.

La gente llegaba de todas partes para ver al rey. Muchos habían llegado en carromatos y otros descansaban a la sombra de los árboles, o se agrupaban a lo largo de las calzadas para ver al monarca en persona. Las mujeres del pueblo vendían pastas, y juglares y mimos animaban la espera. Las jóvenes flirteaban con los extraños y los niños jugaban entre los setos y escalaban árboles para asegurarse un lugar privilegiado. Entre la multitud los carteristas y ladrones hacían el agosto. Todo era jolgorio y bullicio.

Quenton se había ido a primera hora de la mañana para unirse a la procesión del rey. Por la tarde, Bennett y Minerva se unieron a Olivia y Liat para disfrutar de la fiesta desde el balcón. Bennett fue el primero en ver algo en la distancia. Agitado, señaló con el dedo.

—Oh, Dios mío —Olivia levantó una mano para protegerse del sol—. Ya los veo —rodeó a Liat con el brazo y señaló—. Mira, Liat. Allí. Ese destello de luz es el reflejo de las armaduras de la guardia real. ¿Lo veis?

—Sí —el niño se agarró al pasamanos del balcón.

Después de tantos días de espera e incertidumbre, el momento había llegado.

—Minerva —dijo Olivia—. ¿Os ocuparéis de bajar a Bennett?

—Sí, señorita. Hay un joven del establo a la espera de mis instrucciones.

—Liat y yo vamos a informar a Pembroke y a la señora Thornton.

Tomando a Liat de la mano, Olivia bajó las escaleras en busca del ama de llaves y la encontró en la cocina. La señora Thornton no paraba ni un momento, supervisando al contingente de ayudantes del cocinero.

—El rey ha llegado al pueblo —anunció Olivia sin aliento.

La señora Thornton dejó escapar un grito y se volvió hacia Pembroke.

—Tenemos que poner en fila a estos idiotas de inmediato, o seremos la deshonra del señor.

Pembroke permaneció impasible.

—Yo me ocupo, señora. Os sugiero que os retiréis a vuestros aposentos para prepararos.

—¿Prepararme?

La señora Thornton tenía todo el pelo revuelto y estaba empapada en sudor. El delantal se le había desatado y lo llevaba colgando entre las caderas y las rodillas. Tenía un poco de harina en la barbilla y en las mejillas.

Olivia intervino.

—Seguro que quiere lucir el mejor aspecto para su alteza.

—Sí, señorita —el ama de llaves parecía un poco ofuscada, como si acabara de darse cuenta de la importancia de la ocasión—. No... no sé por dónde empezar.

—Venid conmigo —Olivia le puso una mano en el hombro—. Yo os ayudaré.

—¿De verdad? —la señora Thornton se volvió hacia Pembroke—. ¿Os ocuparéis del personal?

—Usted y el señor estaréis orgullosos del personal.

—Sí —la señora dejó que Olivia la acompañara a su habitación, que estaba impecable.

—Aquí —Olivia la hizo sentarse y empezó a desenredarle el pelo—. Oh, señora Thornton, qué pelo tan bonito.

—¿Vos creéis? —la señora se quedó embelesada mientras Olivia la peinaba.

—Desde luego.

Con movimientos expertos, Olivia le hizo un moño y lo aseguró con una horquilla.

—¿Y ahora el delantal. ¿Tenéis uno limpio?

—Sí —el ama de llaves fue hacia un pequeño armario y sacó un delantal blanco con un ribete de encaje.

—Para las ocasiones especiales —dijo.

—Es perfecto —Olivia se lo puso y le hizo un lazo bonito—. ¿Qué os parece? —la hizo mirarse en el espejo.

—Oh, señor. Me veo... —se echó a reír—. Casi me veo guapa.

—Estáis muy guapa, señora Thornton. Mejor será que vaya a buscar a Liat.

Dejó al ama de llaves delante del espejo.

Ya en la cocina, Olivia agarró a Liat de la mano.

—Vamos, creo que es hora de salir a esperar al rey.

Olivia no perdió la sonrisa, pero el corazón le latía sin ton si son. La llegada del rey fue todo un espectáculo impresionante. El carruaje, de color blanco y dorado, se detuvo en el patio. A ambos lados se alineaba la guardia real, vestidos de rojo y dorado. Detrás venían más caballeros de la brigada del rey, de azul y oro, seguidos de una comitiva de carruajes que transportaban a los criados del monarca así como el equipaje.

Los soldados bajaron de los caballos y formaron filas mientras sonaban las trompetas. Un lacayo en librea salió de la parte de atrás del carruaje y abrió la puerta.

Quenton fue el primero en salir. Miró a su hermano, que estaba sentado en su nueva silla de ruedas, y entonces le sonrió a Olivia, que llevaba a Liat de la mano. Ella le devolvió la sonrisa y sintió que el corazón le palpitaba violentamente. Apretó la mano de Liat y se irguió, tratando de recuperar el aliento.

Al ver al ama de llaves y al mayordomo, lord Stamford se llevó una sorpresa. La señora Thornton había logrado domesticar su enredada melena y llevaba un delantal nuevo. Bajo la atenta mirada de Pembroke, todo el personal de Blackthorne había formado una fila perfecta frente a la puerta.

El sonido de las trompetas cesó. El rey bajó del coche y miró a su alrededor. Los hombres se quitaron el sombrero y las mujeres hicieron una reverencia.

—Ah, lord Stamford, Blackthorne es más hermosa de lo que recordaba.

Aquella voz era profunda y enérgica, con un ligero acento. Olivia sabía que Charles había pasado su juventud en Inglaterra y Escocia. Era muy joven. Acababa de cumplir treinta años, y también era bien parecido. Había algo de arrogancia en el contorno de su barbilla y un brillo endiablado en sus ojos. Llevaba calzones de satén negro y un abrigo color escarlata. Encima llevaba una capa negra rematada con armiño, y un sombrero negro y ancho, con una pluma ligeramente inclinada a un lado. Sabiendo el efecto que tenía sobre la multitud, se detuvo un momento y después arrojó la capa y el sombrero al interior del carruaje.

Al darse la vuelta advirtió la presencia de Bennett, así que fue hacia él y le dio un abrazo.

—Qué bien os veo, Bennett. Vuestro hermano me ha dicho que habéis progresado mucho en las últimas semanas. ¿Queréis dejar en ridículo a mis médicos?

Bennett, halagado y feliz, asintió con un gesto y sonrió.

Quenton tomó a Liat de la mano y le hizo dar un paso adelante.

—Majestad, éste es el chico del que os hablé.

—Liat, ¿verdad? —el rey se agachó para mirarle a los ojos—. Lord Stamford me ha dicho que os gustan las mariposas.

—Sí, majestad —a pesar del entrenamiento de Olivia, Liat olvidó hacer una reverencia y le miró directamente a los ojos.

—A lo mejor tú y yo podemos buscar una mariposa rara mientras esté aquí. ¿Os gustaría, Liat?

El niño esbozó una sonrisa.

—Sí, majestad.

—Bien —el rey miró a la joven mujer que estaba de pie detrás de Liat.

—¿Y quién es esta señorita encantadora?

—Olivia St. John —dijo Quenton—. Es la institutriz de Liat.

Olivia se inclinó con la vista baja.

—Es una pena que las niñeras no fueran así cuando éramos niños. ¿Verdad, lord Quenton?

Quenton se sonrió.

—Sí, majestad. Una pena.

—Nuestra infancia hubiera sido mucho más agradable con alguien como la señorita St. John. Espero que nos acompañéis en la cena a menudo —el rey miró a Quenton con picardía—. Prefiero su compañía antes que la vuestra, amigo mío.

Quenton hizo una reverencia.

—Como deseéis, su majestad.

—Sí que lo deseo —el rey la miró durante un instante y entonces volcó su atención en el personal—. Veo algunas caras conocidas de la infancia —sonrió—. Pembroke.

El mayordomo hizo una reverencia.

—Bienvenido a Blackthorne, majestad.

—No habéis cambiado nada desde la última vez que estuve aquí. Y ésta debe de ser Qwynnith.

El ama de llaves se sonrojó de pies a cabeza e hizo una torpe reverencia.

—Es la señora Thornton, majestad —dijo Quenton.

—¿Os habéis casado, Qwynnith?

—Sí, majestad. Me casé con un londinense. Rupert Thornton. Pero no vivió más que un año.

—Y seguro que murió siendo feliz.

El rey parecía estar pasándolo bien.

Quenton levantó una mano para abarcar a todo el personal.

—Majestad, le presento a aquellos que esperan haceros agradable la estancia.

Los hombres hicieron una reverencia y las mujeres se inclinaron ante el rey, con la vista baja.

—Todo un reto. Lo sé. Pero sé que todos estáis a la altura —Charles levantó una mano y varios sirvientes de su séquito dieron un paso adelante. En las manos llevaban cajas de madera—. He traído algunas gallinas de mi casa de campo y corderos de las tierras altas escocesas. Es un regalo para la cocinera.

—Gracias, majestad —Quenton hizo señas a uno de los ancianos de la aldea, que dio un paso adelante ayudado por sus hijos—. Los habitantes de este humilde pueblo se sienten tan halagados con vuestra visita que desean obsequiaros con un barril lleno de oro.

Charles sonrió de oreja a oreja y se dirigió a la multitud.

—Honráis a vuestro rey y lo complacéis en gran medida. Acepto este regalo en el nombre de Dios y del reino.

Conmovido ante tal honor, el anciano volvió junto a los demás, incapaz de contener las lágrimas. El rey le entregó el barril a su ayudante de cámara y fue tras Quenton, que empujaba la silla de Bennett. Pembroke abrió la puerta y el rey entró en la casa. Desde el umbral, se volvió y saludó a su pueblo, que rompió en aplausos y ovaciones. Entonces el monarca se inclinó y le dijo algo a Quenton, que a su vez le susurró algo a Pembroke. De inmediato, el mayordomo fue hacia Olivia.

—Su majestad desea que vos y el chico os unáis a su comitiva.

Olivia se quedó perpleja durante un instante. Entonces, agarró a Liat de la mano y siguió a Pembroke.

La multitud empezó a dispersarse y los habitantes del pueblo regresaron a sus hogares. Los sirvientes entraron a toda prisa, deseosos de servir al monarca. Los soldados del rey se dirigieron al establo. Durante su estancia dormirían allí, junto a los caballos. El ayudante de cámara del rey tendría una cama en los aposentos del monarca. Por fin, Charles entró en la casa y las puertas se cerraron. Olivia y Liat fueron tras él.

—Estáis muy callada, señorita —le susurró Liat.

—Sí —Olivia se había quedado sin palabras.

—¿Adónde vamos?

—No lo sé. Al comedor, supongo.

—¿Vamos a cenar con su majestad?

Olivia se encogió de hombros.

—Eso no os lo puedo decir. Hasta que se vaya, todo girará en torno a él.

En honor al rey, habían engalanado el comedor. De las paredes colgaban estampas en las que se podía apreciar la historia del linaje real. Dichos adornos habían sido cosidos a mano por las mujeres del pueblo. Había imágenes de Charles I, de su padre y de su madre, la francesa Henrietta Maria, así como retratos de sus hermanos y hermanas. Las mujeres responsables de la decoración fueron llevadas ante el rey, que las felicitó por el trabajo hecho.

Después el rey fue acompañado hasta la mesa de honor, levantada sobre un estrado para que todos pudieran ver al monarca. La silla del rey era de caoba labrada, con cojines de terciopelo púrpura. Ante la insistencia del rey, Quenton se sentó a su derecha y Bennett a la izquierda. Al ver a Olivia y a Liat, el rey hizo señas a los sirvientes.

—Que la niñera y el chico se unan a nosotros.

Olivia tuvo que encogerse de hombros para ocultar su conmoción mientras era acompañada hasta la mesa del rey. Quenton se puso en pie y le apartó la silla que estaba junto a la suya. Olivia no tuvo elección, así que aceptó y contempló el largo desfile de invitados hasta sus asientos. El anciano del pueblo se sentó junto al alcalde, en la mesa más próxima a la del monarca. Los otros se situaron de acuerdo a su rango y relevancia. Cuando todos ocuparon sus sitios, los sirvientes les llenaron las copas de cerveza y los comensales brindaron una y otra vez, por el rey y su familia, por el éxito de su reinado, por su salud... Cada brindis iba acompañado de un largo y aburrido discurso, pero el invitado real mantuvo la sonrisa en todo momento. Durante el discurso del alcalde, Charles se inclinó sobre Quenton y le sonrió a la joven niñera y al niño.

—¿Os lo estáis pasando bien, chico? —le preguntó.

—Sí, majestad —Liat se pasó el dorso de la mano por la boca para limpiarse el bigote de leche—. ¿Pero cuándo nos van a traer la comida?

Charles le guiñó un ojo.

—Buena pregunta, chico. El viaje me ha dado mucha hambre —le sonrió a Olivia—. ¿Y usted, señorita St. John? ¿No tenéis hambre?

Olivia se llevó una mano al vientre.

—No lo sé, majestad. Aún hay demasiadas mariposas.

El rey se echó a reír.

—Otro amante de las mariposas, Quenton —dijo dándole un codazo—. Es encantadora. Tengo que conocerla mejor.

—Sí, majestad.

Quenton sabía lo mucho que le gustaban las mujeres al rey, así que no tardó en cambiar de humor y deseó que el alcalde terminara su discurso cuanto antes. Al ver que el rey se ponía jovial, se impacientó.

Una vez más Charles se inclinó sobre su anfitrión para dirigirse a la señorita St. John.

—Habladme de vos, señorita St. John. ¿Cuánto tiempo lleváis como institutriz?

—Poco tiempo, majestad. Creo que estoy aprendiendo más de lo que le enseño a Liat.

—Qué modesta —se volvió hacia su anfitrión, y al ver el surco entre sus cejas, no pudo resistirse a añadir algo más—. Siempre me ha cautivado la combinación de belleza y humildad. ¿No es así, lord Stamford?

—Sí, majestad —las palabras de Quenton sonaron muy secas.

—¿Hay algo que deseéis decir, lord Stamford? Tenéis mi permiso para hablar.

—No, majestad —Quenton apretó los dientes.

Charles se apoyó en el respaldar y soportó el resto del discurso.

Cuando por fin terminó, la señora Thornton entró en el comedor, seguida de la cocinera y un río de ayudantes que portaban bandejas colmadas de manjares. Todos hicieron una reverencia y ofrecieron los distintos platos al rey. Charles asintió y alabó aquellas exquisiteces tras haberlas probado. El resto de comensales no se atrevió a probar bocado hasta que el rey hubiera degustado los platos.

Charles se inclinó una vez más.

—¿Qué me recomendáis, señorita St. John?

Olivia examinó aquella cena exquisita.

—La ternera de la cocinera es exquisita. La cocina hasta que se desprende del hueso. Y el salmón ha sido capturado esta misma mañana por los hombres del pueblo.

—Dos de mis platos favoritos —le dio otro codazo a Quenton, que lo fulminó con la mirada—. La joven y yo tenemos muchas cosas en común.

Se volvió hacia Bennett y entonces advirtió la presencia de una joven que le estaba sirviendo la comida.

—¿Qué pasa? ¿Es que aún queda alguien que no me han presentado?

Minerva se ruborizó y Bennett soltó el tenedor.

—Majestad —Quenton se ocupó de las presentaciones—. Ésta es Minerva, una joven del pueblo que cuida de mi hermano.

—¿Qué cuida de vuestro hermano? —hizo una pausa—. Qué generosa —el rey miró a uno y a otro—. Siempre he pensado que el pelo rojo era un signo de bondad.

—Sí, majestad —Quenton estaba decidido a impedir que Minerva y su hermano se sintieran incómodos—. Minerva tiene un gran corazón.

—Entonces sois muy afortunado, Bennett —miró a Quenton de reojo—. Quizá tenga que reivindicar mi derecho a compartir la buena fortuna de mis súbditos leales.

Quenton permaneció en silencio y Olivia se dio cuenta de que no había probado bocado.

El pobre Liat trataba de comportarse correctamente, pero la emoción le impedía estarse quieto. Cuando el jugo de la carne le cayó sobre la camisa, se lo limpió con la mano, pero Olivia no se dio cuenta porque estaba en medio de una conversación con el rey.

—No sería justo por mi parte comparar a Oxford con Londres, majestad. No pasé mucho tiempo en Londres, pero...

—Entonces tenemos que ponerle remedio, señorita St. John. Quizá os pida que me acompañéis a Londres cuando regrese. Así podréis comparar.

Olivia sintió la tensión de Quenton. El señor de la casa miró al rey con ojos penetrantes y entonces se volvió hacia ella. La joven sintió el calor de su aliento sobre la mejilla y sonrió. Aquel enojo repentino la tenía desconcertada.

—Londres no me gusta mucho, su majes...

Quenton resopló exasperado. Al seguir su mirada, vio de qué se trataba.

—Oh, disculpadme, majestad. He descuidado mis obligaciones.

Liat había derramado la leche, que le chorreaba por el regazo. Olivia se puso de pie y empezó a limpiar el líquido derramado, pero sólo consiguió ponerlo peor. En un momento un río de leche corrió por la mesa.

Disgustado, Quenton le hizo señas a un sirviente para que limpiara la mancha.

—Perdonadme, majestad. Es sólo un niño y...

Al ver su preocupación, el rey puso su mano sobre la de ella.

—No hay nada que perdonar, señorita St. John. Ha sido una noche larga para el chico. Quizá deberíais llevarlo a su habitación.

—Pero no estaría bien marcharse antes que usted, majestad.

—Olvide el protocolo, señorita St. John.

—Oh, no puedo.

—Entonces, os lo pondré fácil. Os ordeno, señorita St. John, que os llevéis al chico.

—Sí, majestad —Olivia lo miró con agradecimiento e hizo levantar a Liat.

Él la rodeó con sus brazos y sonrió.

—Buenas noches, Liat —dijo el rey.

—Buenas noches, majestad. Siento lo de la leche.

—No pasa nada, chico. No hay nada que perdonar —dijo Charles entre risas—. Buenas noches, señorita St. John.

Olivia se volvió, hizo una reverencia y abandonó el salón. El rey se quedó mirándola hasta perderla de vista y el hombre que estaba a su lado hizo lo mismo.

—Son encantadores. ¿No le parece, lord Stamford? Me recuerdan a una Madonna con su hijo que estaba en la capilla real —al volverse hacia Quenton vio una mueca en su rostro y se echó a reír. —Oh, me alegro tanto de haber vuelto a Blackthorne. Creo que va a ser una visita muy... interesante.

Once

—No quería derramar la leche, señorita —dijo Liat mientras subía las escaleras.

—Claro que no.

—He comido con el rey de Inglaterra. ¿Verdad? Olivia sonrió .

—Ya lo creo.

—¿Antes era un niño pequeño?

—Por supuesto.

—¿No creéis que él también derramaba la leche?

—Es muy probable —abrió la puerta de la habitación y entró detrás de Liat.

Él corrió hasta la ventana y se subió a un baúl para mirar. La luz de las velas iluminaba a las gentes que, llegadas desde los lugares más recónditos, se preparaban para pasar la noche en sus carromatos y emprender el camino de vuelta a la mañana siguiente.

—Ayer, mientras usted tomaba el té con los sirvientes en la cocina, Thor y yo fuimos al establo.

—Es divertido explorar. ¿No?

—Sí, señorita —Liat se volvió mientras ella le preparaba el pijama—. He estado explorando las habitaciones de Blackthorne. ¿Sabíais que lord Stamford tiene una habitación llena de libros cubiertos de polvo?

Ella asintió y le animó a acostarse.

—Debía de ser la biblioteca —dijo mientras le ayudaba a quitarse la camisa húmeda—. Es una habitación muy importante. Allí es donde pasa la mayor parte del tiempo, revisando las cuentas.

—¿Qué son las cuentas? —Liat volvió junto a la ventana.

—Así lord Stamford está al tanto del valor de sus propiedades.

Olivia vertió un poco de agua en una palangana y seleccionó un paño suave para lavar al chico.

—Vamos, Liat. Tenéis que lavaros antes de iros a la cama.

—¿Qué son las propiedades?

—Son las granjas, casas, pueblos y comarcas que forman parte del patrimonio de la familia Stamford —dijo mientras lo lavaba—. Tiene que asegurarse de que le dan una parte justa de todo lo que se cultiva a cambio de dejarles usar la tierra.

—Debe de ser muy rico —Liat se metió en la cama y empezó a dar saltos.

Olivia se encogió de hombros.

—Supongo que sí, pero él también tiene sus obligaciones. Lord Stamford es responsable de la seguridad y bienestar de todos los que habitan en sus tierras. Si hay una mala cosecha, tiene que darles de comer. Cuando se va de caza, tiene que dar una parte de la captura a sus siervos. Y cuando están enfermos, es a él a quien acuden.

—¿Es como un rey?

—Creo que sí —Olivia recogió el pijama, se dio la vuelta y Liat ya no estaba—. ¿Liat?

Miró a su alrededor y fue a la sala de estar, pero también estaba vacía. Extrañada, fue a su habitación, pensando que tal vez podría haber ido allí a buscar algo, pero Liat no estaba en ningún lado.

La puerta que daba al pasillo estaba entreabierta. Olivia salió rápidamente.

—Liat, si estáis escondido, no tiene gracia.

El pasillo estaba desierto. Olivia fue hasta lo alto de las escaleras y le vio desaparecer por el piso de abajo. Pijama en mano, Olivia bajó a toda prisa y le vio entrar en la biblioteca.

Fue tras él.

Al entrar le encontró abrazando a Thor. El perro estaba contento de tener compañía.

—Thor y yo somos muy amigos —dijo Liat entre risas.

—Es bueno tener un amigo —Olivia le acarició las orejas al animal—. Ahora, jovencito, es hora de ponerse el pijama y darle las buenas noches a vuestro amigo.

Olivia le puso la ropa de dormir y de pronto oyó unos pasos que se acercaban.

—Oh, Dios mío, no deberíamos estar aquí.

—Venga, señorita —Liat le agarró la mano y tiró de ella en dirección a un armario—. Nos esconderemos ahí hasta que se vayan.

Antes de que pudiera protestar, el chico abrió la puerta y Olivia terminó agachada dentro del armario en compañía de Liat.

Tras la actuación de los juglares, Charles los hizo retirarse con un gesto y Quenton respiró aliviado.

—¿Os gustaría retiraros a vuestros aposentos, majestad?

Charles sonrió.

—Os gustaría. ¿No es así, lord Stamford?

Consciente de la presencia de los criados, Quenton bajó el tono.

—Sólo deseo que estéis cómodo, majestad.

—Me alegra oír eso. Que venga vuestro hermano —Charles se puso de pie y todos los invitados hicieron los mismo.

El rey les ofreció una sonrisa y se dirigió hacia la puerta. A su paso todos le hicieron una reverencia. Quenton iba detrás empujando la silla de ruedas de

Bennett. Le hizo señas a Pembroke para que los siguiera, y no pudo evitar preguntarse qué se traía entre manos su honorable invitado.

Cuando estaban en el pasillo, Charles echó a andar con rapidez.

—Si no recuerdo mal, la biblioteca de vuestro abuelo está por aquí.

—¿La biblioteca?

—Sí. Llevo todo el día esperando un poco de privacidad, un butacón cómodo y una copa de vino. Lejos del escrutinio de miles de ojos.

Al llegar a la habitación fueron recibidos por Thor, que corrió a dar la bienvenida a su amo. El animal se dejó acariciar por el rey.

Charles miró a su alrededor.

—¿No tenéis nada de beber?

Quenton hizo un gesto y Pembroke salió de la habitación. Regresó con una jarra y unas copas de cristal, y tras servir las bebidas, aguardó fuera de la biblioteca.

En cuanto se quedaron a solas, los formalismos desaparecieron.

—Bueno, amigo mío, llevo esperando esto todo el día —el rey le dio una palmada a Quenton en la espalda. Riendo, se volvió hacia Bennett y le dio un abrazo.

Entonces se quitó la chaqueta y se remangó la camisa. Quenton hizo lo mismo y le entregó una copa de vino.

Charles le dio unos cuantos sorbos y suspiró con cansancio.

—No sabéis lo mucho que me alegra estar de vuelta en Blackthorne. Durante este viaje apenas podíamos movernos. Y teníamos que aminorar la velocidad por la multitud.

—La gente os quiere, majestad —Quenton se sentó en el borde del escritorio.

—Sí. Os gusta decir eso. Espero que sea verdad. Pero a veces me acuerdo de cuando éramos niños. Entonces todo parecía más sencillo.

—Pues sí —Quenton se rió—. Si no recuerdo mal, nuestra mayor preocupación era hacerle travesuras a aquellos que cuidaban de nosotros. Ahora somos nosotros los que tenemos que cuidar de otros, y ocuparnos de los problemas de los mayores.

Charles se acomodó en el butacón y se desabrochó los botones del cuello.

—Problemas de mayores y problemas de reyes, en mi caso. ¿Sabéis lo molesto que puede llegar a ser lidiar con toda esta pompa las veinticuatro horas del día?

Quenton miró a su hermano y los dos sonrieron.

—¿Qué es tan gracioso? —preguntó Charles.

—Olvidáis que nos conocemos desde hace mucho. Puede que ahora os quejéis, pero cuando erais un niño, me dijisteis que mataríais a aquél que intentara quitaros vuestro derecho al trono.

—Sólo era una forma de hablar. Además, yo soy el

heredero legítimo. Y el trono es legalmente mío, aunque tuviera que esperar toda una vida para ocuparlo.

—Exacto. ¿Y queréis que os tengamos pena porque no sois capaz de soportar un poco de adulación?

Charles soltó una carcajada.

—Si vos y yo fuéramos verdaderos amigos, me hubierais dejado regodearme en la autocompasión un ratito más.

—Si queréis derramar unas lágrimas, derramadlas por vuestros pobres súbditos, que se han quedado sin capas para el invierno con tal de llenar ese barril de oro.

—Vos mismo dijisteis que me queríais. Y yo quiero a mi gente.

—Sí —Quenton no pudo evitar reírse—. Y el hecho de que se presenten con oro hace más fácil quererlos.

—Bennett, creo que vuestro hermano está un poco amargado.

Bennett vació su copa y sonrió de oreja a oreja mientras su hermano se la llenaba de nuevo.

—Creo que tomaré un poco de eso.

Charles levantó su copa, probó el caldo y sonrió.

—Blackthorne sigue produciendo uno de los mejores vinos, amigos míos. ¿Recordáis cuando nos escondíamos en ese armario? —señaló hacia el armario que estaba al fondo de la habitación.

Intranquilo, Thor no hacía más que ir de un lado a otro.

—Sí —Quenton se sentó enfrente del rey—. Esperábamos a que el abuelo bajara, y entonces nos servíamos un poco de whisky.

—O el whisky era muy fuerte o éramos de constitución débil. Tuve que ayudaros a meteros en la cama —dijo Charles.

—Creo que os falla la memoria —Quenton le sonrió con picardía—. A lo mejor es la vejez. Fui yo quien os ayudó a meteros en la cama.

—Bueno, a lo mejor. Pero eso fue después de que yo ayudara a bajar a Bennett para que vomitara en el jardín de la cocinera.

Al recordarlo, Bennett sonrió.

—¿Recordáis cómo nos llamábamos? —Charles se sirvió un poco más de vino—. Yo era «Repeluz».

—Porque siempre teníais frío —dijo Quenton con sarcasmo.

—No. Era porque ya había perfeccionado una mirada pétrea que fulminaba a los hombres. No lo neguéis. Lo sabéis muy bien.

—Puede ser. Pero yo sigo diciendo que era porque siempre teníais frío —Quenton miró a su hermano—. Bennett, tú eras «Peque», aunque odiaras ese mote. Seguro que fue por eso que te convertiste en todo un luchador en tu juventud. Nunca he conocido a nadie tan duro.

El rey se volvió hacia Quenton.

—Y en todos nuestros juegos vos erais «Q», el espía del rey —los dos compartieron una sonrisa—.

¿Sabéis que vuestro hermano tuvo la oportunidad de hacer realidad su fantasía? —le dijo Charles a Bennett?

Sorprendido, Bennett levantó las cejas.

—Cuando «Q» se fue al mar, lo hizo con mi beneplácito. Sirvió a su país de forma ejemplar. Se hizo un nombre como un corsario temerario y libró importantes batallas contra buques extranjeros, para defender las aguas inglesas. Pero lo que el resto de Inglaterra no sabía es que me enviaba mensajes codificados de forma que nuestros buques de guerra siempre sabían dónde estaba el enemigo.

Al ver la expresión de Bennett, soltó una carcajada.

—¿No lo sabíais? Vaya, «Q». Zorro astuto. ¿Ni siquiera confiasteis en vuestro propio hermano?

Quenton miró el contenido de su copa.

—Las viejas costumbres nunca mueren. Me acostumbré tanto a trabajar solo, en secreto, que olvidé cómo era compartir las cosas con otros, incluso con mi hermano.

—Entonces menos mal que os hice una visita. Vamos a compartirlo todo, tal y como solíamos hacer cuando éramos niños. La caza, los caballos, las mujeres, los juegos de azar. Quiero hacerlo todo antes de irme de Blackthorne. Y cuando estemos solos no quiero que me llaméis majestad. Quiero que me llaméis «Repeluz». Y vosotros volveréis a ser «Peque» y «Q».

Los tres hombres sonrieron. Era como si nunca se hubieran separado. Olivia no daba crédito a lo que había oído. Le daba vergüenza escuchar conversaciones ajenas, pero no podía salir. Revelar su presencia sería despertar la ira del rey, y la echarían de inmediato.

La energía de Liat se había desvanecido y el chico cayó exhausto en sus brazos. Confinada en un rincón del armario, tuvo que sentarse con las rodillas dobladas y la espalda recta. Tenía los brazos insensibles. Y lo peor era que cada vez que empezaba a relajarse, Thor se ponía inquieto, olisqueando y arañando las puertas, hasta que su amo lo llamaba.

—El exilio en Francia fue horrible. Cromwell dirigió el país sin una corona cuando yo era el heredero legítimo. Dijo que la monarquía inglesa no era una monarquía —dijo Charles.

Alrededor de las velas, la cera formaba enormes charcos y los tres amigos habían vaciado varias jarras de vino. Thor yacía junto al hogar, dormido.

—Yo estaba en Holanda... —prosiguió Charles—. Cuando recibí la noticia de que Cromwell había muerto, me puse de rodillas y di gracias porque el asesino de mi padre hubiera recibido su merecido.

—Debió de ser un duro golpe enterarse de que había nombrado a su hijo Richard como heredero.

—Sí. Al principio. Pero según los informes que recibía, estaba claro que Richard era un títere. En realidad se trataba de su padre, gobernando desde la tumba. Sabía que tarde o temprano regresaría a mi patria —miró la copa de vino—. El triunfo no duró mucho. Ser un gobernante implica mucho más que satisfacer a la gente. Con eso no tengo problema, pero satisfacer al parlamento... Eso es otra cosa.

—Tenéis amigos en el parlamento, Repeluz.

—Sí. Y unos cuantos enemigos. Aquellos que odiaban a mi padre y que me odian por ser su hijo. Me están acusando de haber vaciado las arcas del estado.

Quenton miró a su amigo.

—¿Estáis en problemas?

Charles se encogió de hombros.

—El tesoro público está en números rojos. El parlamento ha perdido cientos de miles de libras en la recaudación de impuestos.

—¿Y qué vais a hacer? —Quenton le volvió a llenar la copa.

Charles se levantó y comenzó a caminar por la habitación.

—Quizá debería ir de pueblo en pueblo aceptando barriles de oro como obsequio.

Quenton y Bennett intercambiaron sonrisas.

—Dado el esfuerzo que os llevó venir hasta aquí, no creo que quisierais hacerlo por toda Inglaterra. Aunque la recompensa sea oro.

Charles miró a su amigo y asintió.

—Sí. Pero puede que haya una manera. Algunos peces gordos de Londres han contactado conmigo

—sus ojos se oscurecieron—. No estoy seguro de confiar en ellos. Hay rumores de que eran aliados de Cromwell, pero otros me dicen que sólo están impacientes porque no quieren perder sus fortunas. Sea cual sea su afiliación política, tienen mucho dinero. Me han ofrecido compartir sus fortunas a cambio de... ciertos favores políticos.

—¿Tales como...?

Charles hizo una pausa y tocó un bastón que descansaba en un rincón de la habitación.

—Recuerdo que esto era de vuestro abuelo. No sólo lo usaba para caminar, sino también para atizarnos cuando nos portábamos mal.

Quenton sonrió al ver que su amigo estaba evitando el tema.

—¿Qué favores, Repeluz?

—El padre le ha echado el ojo a un título y propiedades, y el hijo desea ser admitido en mi círculo íntimo, como consejero real.

—Eso los haría partícipes de muchos secretos de estado, amigo.

—Sí, pero así conseguiría el dinero que necesito para impresionar al parlamento. La ruina de mi padre fue la guerra, pues carecía de fondos para declararla. No voy a cometer el mismo error.

Parecía tan triste que Quenton cruzó la habitación y le puso la mano en el hombro.

—No os precipitéis, Repeluz. A lo mejor puedo averiguar algunas cosas sobre ese hombre y su familia.

El rey no pudo ocultar la sonrisa.

—No podéis resistiros a ser Q. ¿Verdad?

—Os dije que las viejas costumbres nunca mueren. Ahora decidme sus nombres y veré lo que puedo averiguar.

El rey se lo pensó un momento y después se encogió de hombros.

—Os daré la oportunidad de conocerlos al final de la semana.

—¿Y dónde, si puede saberse, voy a conocer a esta gente misteriosa?

—Aquí, en Blackthorne —el rey se bebió la copa de vino y miró a su amigo, que le observaba perplejo—. Ah, se me olvidó mencionar que he decidido dar un baile real en Blackthorne en honor a mis viejos amigos.

Quenton sacudió la cabeza.

—Repeluz, vais a matar a mi ama de llaves.

—Tonterías. Con mis encantos estará feliz de aceptar el reto de preparar un baile real.

Quenton se impacientó al ver que Thor volvía a olisquear el armario.

—Creo que es un roedor, Q. ¿Por qué no abres la puerta y dejas que el perro se lo pase bien?

Quenton fue hacia el animal.

—¿Qué pasa, chico? ¿Hay un ratón? Te gustaría darle caza, ¿verdad?

Quenton abrió la puerta y el perro ladró, meneando la cola.

Los tres hombres se quedaron boquiabiertos.

Olivia, con el pelo húmedo pegado a la cara, se puso en pie y salió con el chico en brazos.

—¿Qué dem...? —durante un instante Quenton perdió la voz—. Señorita St. John, explíquese inmediatamente.

—Sí, milord —miró al rey, que la observaba con una expresión divertida—. Estaba... preparando a Liat para acostarse, pero de pronto desapareció, así que lo seguí hasta aquí. Estábamos a punto de irnos cuando oímos pasos... y...

—Y se os ocurrió meteros en el armario y espiarnos.

—Bueno, milord, no fue exactamente así...

—¿Ibais a revelar vuestra presencia, señorita St. John?

—No, milord. Pero no teníamos intención de espiar. Sólo...

Liat se despertó, miró a su alrededor y sonrió.

—Hola, majestad. Vine para despedirme de Thor. Él es mi amigo. Y cuando oímos que se acercaba alguien, escondí a la señorita St. John en mi nuevo escondite. ¿No es genial?

El rey le devolvió la sonrisa.

—Sí. Yo me he escondido ahí en más de una ocasión.

—¿De verdad? —el chico lo miró con ojos grandes—. ¿Os pillaron alguna vez?

—Sí. El abuelo de lord Stamford nos encontró

una vez. Si no recuerdo mal, no pudimos sentarnos durante una semana.

Liat miró a Quenton.

—¿Vais a castigarnos?

—Debería... Os sugiero que volváis a vuestra habitación, señorita St. John.

—Sí, milord —la joven se volvió hacia la puerta.

—Y esta vez no os detengáis por el camino.

Olivia echó a andar con Liat en brazos y el niño les obsequió con otra sonrisa angelical.

—Buenas noches, Liat —dijo el rey.

—Buenas noches, majestad.

La puerta se cerró y los pasos de Olivia se alejaron por el pasillo. Se hizo un profundo silencio y entonces los tres se echaron a reír a carcajadas.

—Por Dios, son un caso especial. ¿No, Q? Toma. Ponme otra. Por las responsabilidades adultas. Estoy muy contento de estar aquí. Siempre me gustó Cornwall, aunque muchos de sus habitantes no se consideren ingleses.

Quenton reprimió una sonrisa al notar que el rey empezaba a arrastrar las palabras. Bennett tenía la copa vacía y ya se le cerraban los ojos.

—Sí. Somos independentistas, pero creo que deberíamos debatirlo en otro momento. Ahora creo que debemos irnos a la cama, o no nos quedarán fuerzas para ir de caza, montar a caballo, seducir... y todo lo demás que habéis planeado.

—Hablando de seducir —el rey se dejó caer en

la silla del escritorio. Sin algo de apoyo, se habría caído al suelo—. Ya he visto cómo miráis a la preciosa niñera.

Quenton trató de mantener la calma. Puso la copa sobre la mesa y estiró el brazo sobre la superficie pulida.

—No me extraña, Q. Si yo tuviera a alguien tan inocente y dulce a unos metros de mi cama, también se me haría difícil ignorarla. Pero creo que deberíais esforzaros un poco por ocultar vuestros sentimientos.

—Los escondo muy bien, gracias.

En cuanto dijo aquellas palabras, se dio cuenta de lo que había hecho. El rey se echó hacia atrás y se rió a carcajadas. Incluso Bennett, que estaba medio dormido, levantó la cabeza y sonrió.

—Y vos, Peque —el rey apuntó el bastón del abuelo hacia su joven amigo—. No engañáis a nadie con esa farsa.

Bennett arqueó las cejas.

—No habéis tenido ningún problema para tomar vino toda la noche. Pero dejáis que esa preciosidad del pueblo os dé la comida como a los niños y... —soltó una risa pícara—. Que atienda todas vuestras necesidades.

Los ojos de Bennett se llenaron de nubes y lanzó un gemido de protesta.

—Ah. Ya veo que he puesto el dedo en la llaga —Charles se incorporó y empuñó el bastón como si fuera una espada—. ¿Qué os parece una apuesta, amigos míos, para hacer la estancia más interesante?

—¿Qué clase de apuesta? —preguntó Quenton.

—Apuesto mil libras a que antes de que me marche y regrese a Londres, os declaráis a las damas en cuestión.

Los dos hermanos intercambiaron miradas cómplices.

—Acepto, Repeluz —dijo Quenton con una sonrisa—. Mil libras cada uno. Podríais pagarnos ahora. Podéis sacarlo del barril del pueblo si queréis.

—Yo estaba a punto de sugerir que me paguéis por adelantado. Eso será más fácil que la otra alternativa.

—¿Alternativa? —Quenton olvidó su copa de vino.

—He olvidado mencionar la otra parte de la apuesta —Charles empujó a Quenton en un hombro con la punta del bastón—. A menos que vos y Peque me demostréis que las dos están bajo vuestra... protección especial, les pediré a esas damas encantadoras que me acompañen cuando regrese a Londres, donde, como bien sabéis, serán devoradas por los solteros de oro de la corte.

Charles vio la furia contenida en los ojos de su amigo y se rió a carcajadas. Aquello iba a ser muy divertido. Soltó el bastón en un rincón y sonrió satisfecho. Entonces rodeó a Quenton con el brazo.

—Y ahora, Q, mi espía real, llevad a vuestro rey a

sus aposentos y arropadlo en su cama. Es una orden real.

Quenton y Charles subieron a Bennett por las escaleras dando tumbos. Por suerte el joven estaba demasiado bebido para darse cuenta. Cuando lo dejaron al cuidado de Minerva, estaba profundamente dormido.

El rey era otra cosa. Insistió en llevar a Quenton hasta sus aposentos para tomarse una última copa. Afortunadamente, Charles se quedó dormido tras dar un sorbo a la bebida y Quenton le dejó espatarrado en la cama, con la ropa puesta. El ayudante de cámara tendría que soportarle a la mañana siguiente.

Al pasar por delante de la habitación de Olivia se detuvo. Saber que dormía en aquella cama enorme y suave era una tentación demasiado grande. Sin pensar lo que hacía, entró en el dormitorio. La sala de estar estaba fría. El fuego había quedado reducido a un puñado de ascuas. Sin embargo, en la habitación había un enorme leño en el hogar. Las llamas ondulantes arrojaban sombras espectrales sobre las paredes y el techo. Quenton se tambaleó hasta la cama y la contempló un instante. Su cabello negro se derramaba sobre la almohada y su rostro tenía una dulce expresión. Su pecho subía y bajaba con cada respiración y Quenton sintió una ola de calor que lo llenó de deseo. De pronto se acordó de la apuesta del rey. Nunca dejaría que nadie le obligara a declarar sus intenciones, sobre todo porque no sabía cuáles eran. ¿Acaso sentía amor por aquella mujer, admiración por un espíritu de lucha, o era simple lujuria? Quenton apretó el puño. ¿Qué importaba si era una cosa u otra? Él había amado y deseado antes, y había acabado con el corazón roto y los sueños hechos añicos.

—Maldita sea, Repeluz —murmuró en voz alta.

—¿Qué? ¿Quién? —confundida, Olivia se incorporó y se apartó el pelo de la cara.

Al ver aquella silueta de hombre junto a la cama, se echó hacia atrás y dejó escapar un grito. Entonces reconoció a Quenton y se llevó una mano a la boca para reprimir otro grito.

—¿Por qué estáis...? ¿Qué estáis haciendo aquí?

Al sentirse un poco estúpido, Quenton reaccionó con desparpajo y provocación.

—Mirándoos. Y sois algo digno de ver.

—Habéis venido por el incidente de la biblioteca.

—En absoluto. El inc... inci... incidente está olvidado.

Olivia se arrodilló en mitad de la cama y sus ojos se nublaron.

—Estáis borracho.

—Sí. Lo estoy. ¿Y qué?

—Le agradecería que dejarais mi habitación inmediatamente.

Él sonrió con cinismo.

—Me agradeceríais mucho más si me quedara.

—Oh —Olivia salió de la cama y cruzó la habitación, seguida de Thor.

—¿Adónde vais?

—Voy a llevaros a vuestra habitación.

La sonrisa de Quenton se hizo radiante.

—Buena chica. Nunca pensé que sería tan fácil —fue tras ella y le puso un brazo sobre los hombros.

Ella le apartó y entró en la sala de estar. Entonces salió al pasillo y cerró la puerta con cuidado para no hacer el menor ruido. Lo último que quería era que alguien los oyera. Con una sonrisa estúpida, Quenton apoyó un brazo sobre los hombros de Olivia y se recostó contra ella como un peso muerto.

—Supongo que tendría que habéroslo pedido hace semanas.

—¿Pedirme qué?

—Que vinierais a mi cama. Si hubiera sabido que erais tan dócil...

Se detuvo y empezó a besarla en el cuello.

—Basta —Olivia lo abofeteó—. Tenemos que llegar a vuestra habitación.

Quenton pestañeó y sonrió otra vez.

—Oh, sí. Veo que tenéis prisa. Bueno, entonces... —él trató de caminar más deprisa y los hizo estrellarse contra una pared.

Masculló un juramento y siguió adelante. Rodearon una esquina y se detuvieron ante la puerta de su habitación, donde esperaba Thor.

—Aquí estamos, preciosa. Justo a tiempo.

Olivia trató de abrir la puerta de un empujón, pero él tiró de ella y la volvió a besar en el cuello.

—Tengo muchas cosas que enseñaros —sus labios acariciaron el cuello de Olivia mientras le rodeaba la cintura con ambas manos.

—Un sinfín de maravillas, milady. Un jardín del Edén.

Durante un instante, Olivia permaneció inmóvil. Sus huesos se derretían porque su sangre había estallado en llamas. Entonces, al recordar que estaba borracho, se apartó bruscamente y abrió la puerta.

Él no se acordaría de nada por la mañana.

—Vamos, milord —le hizo señas para que entrara en la habitación y fuera hacia la cama.

—Sí, encantado. Estoy deseando probar el néctar de vuestros labios.

—Creo que ya habéis desperdiciado bastante néctar por una noche —se detuvo junto a la cama y decidió si debía quitarle la ropa o no.

Él la tomó entre sus brazos y hundió el rostro en un mechón de pelo sobre la mejilla de Olivia.

—Oh, oléis tan bien. Como un jardín de verano. ¿Os he dicho lo mucho que me gusta el olor a lavanda?

—Y usted apesta a alcohol, milord.

La mejor opción era librarse de él lo antes posible.

—Dejadme ayudaros con el camisón, milady.

La soltó y trató de desabrocharle la bata, pero

Olivia le empujó con todas sus fuerzas. Él se tambaleó y cayó sobre la cama.

—¿Estáis lista para uniros a mí, milady? —dijo finalmente.

Todo lo que oyó a modo de respuesta fue el estrépito de un portazo y el sonido de pasos que se alejaban. Entonces la habitación empezó a dar vueltas y Quenton supo que pagaría un precio muy alto por aquel desliz.

Doce

—Buenos días, señorita —con el entrecejo arrugado, Edlyn entró en la habitación de Liat.

La joven niñera estaba enseñando a escribir a su pupilo.

—La señora Thornton me mandó a buscaros. El rey os ha llamado al comedor.

Olivia levantó la vista, alarmada.

—¿Dijo por qué?

La sirvienta estuvo a punto de sonreír, pero se contuvo.

—No.

—Gracias, Edlyn —Olivia trató de ahuyentar la extraña sensación de que la criada la observaba con demasiada atención.

Había visto una sombra en el pasillo tras dejar la habitación de Quenton, y había tenido la sensación de que había alguien observándola. Si hubiera sido un sirviente, el escándalo de la niñera y el señor de la casa ya habría estado en boca de todos, pero había algo mucho más preocupante. La noche anterior, había oído secretos que no le incumbían.

Le cepilló el pelo a Liat y asintió satisfecha. Lo tomó de la mano y se dirigió hacia la puerta.

—¿Creéis que va a castigarnos por lo que hicimos ayer?

—Si lo hace, es porque nos lo merecemos. Lo que hicimos estuvo mal.

Aunque Olivia hablaba con entereza, su corazón retumbaba con cada latido. Liat estaba a salvo, pues se había dormido y no había escuchado nada de importancia. Ella, por otra parte, sabía que Quenton había sido un espía para su país y también estaba al tanto del intercambio de favores que el rey estaba considerando. Aquélla era una información muy peligrosa. Quizá sería mucho peor si el rey se enterara del incidente con Quenton y llegase a averiguar que ella había estado en los aposentos del señor de la casa. ¿Se sentiría ofendido el rey por semejante indiscreción? ¿Arruinaría la reputación de Quenton y su familia...?

Cuando llegó al salón estaba hecha un manojo de nervios y los latidos de su corazón le retumbaban en las sienes. Pembroke anunció su llegada.

—Majestad, la señorita St. John y el joven señor Liat.

—Gracias, Pembroke —el rey levantó la vista del plato, que estaba lleno de ternera cortada en finas rodajas.

A su lado estaba Bennett, pálido como un fantasma, y Minerva no conseguía hacerle probar bocado. Al otro lado estaba Quenton, entreteniéndose con una copa de agua. Los dos hermanos se veían tan serios que Olivia tuvo la certeza de que sus peores temores se harían realidad.

—Ah, señorita St. John, Liat. Acercaos un poco para que pueda veros mejor.

Olivia se ruborizó.

—¿Os gustaría cenar conmigo?

—¿Con vos...? —se detuvo antes de empezar a tartamudear—. Ya hemos roto nuestro ayuno, majestad.

—Entonces sentaos conmigo. Me gusta la compañía agradable —señaló a Bennett y a Quenton con la copa de vino—. Mis dos anfitriones no están muy afables esta mañana.

—Quizá sea algo que se tomaron —murmuró Olivia y tomó asiento al lado de Quenton.

Él le clavó una mirada furiosa y apartó la vista.

—Hubo un tiempo —dijo Charles mientras comía—. En que yo envidiaba la constitución fuerte de los Stamford, pero es evidente que ya están viejos y débiles. Me temo que muy pronto van a necesitar a alguien que les dé la comida y los arrope en la cama... Quizá lo que necesiten sea una esposa.

Quenton se puso tenso y por un momento pareció que iba a replicarle con un comentario igualmente cortante.

—¿Hay algo que deseéis decir a vuestro rey, lord Stamford?

—No, majestad —masculló entre dientes.

Charles se rió a carcajadas.

—Eso pensaba yo. Ah, bueno, quizá esta noche os salga la voz.

—Sí, majestad. Podéis estar seguro de ello.

El rey miró a Olivia.

—Lord Stamford ha tenido la amabilidad de preparar un día de caza. Espero que usted y el chico se unan a nosotros.

—Claro, majestad —Olivia hubiera accedido a casi todo con tal de evitar que los humillaran públicamente.

—Bien —Charles dejó el plato a un lado—. Señora Thornton, felicitad a la cocinera. Todo estaba excelente. Estoy deseando probar el siguiente plato.

Quenton y Bennett se quejaron en alto, ansiosos por volver a la cama.

—Vamos, chico —Quenton abrió la puerta y Thor salió corriendo hacia el jardín.

Sabía que necesitaba ese paseo por la noche tanto como el animal, para gastar las energías y apaciguar la mente. Una vez más se había visto obligado a desempeñar el papel de anfitrión, bebiendo con Charles y recordando travesuras de la infancia.

Entonces tenían muchos sueños y habían hecho muchos planes. Charles estaba decidido a ocupar el trono. Se había pasado la vida persiguiendo ese objetivo, y sin embargo, tras haberlo conseguido, lo llevaba con reticencia.

Bennett, el más pequeño de todos, se había esforzado mucho porque lo trataran como a un adulto, luchando y peleando para ser aceptado por los otros, y después de todo, había acabado como un niño. Incluso sus sueños de espionaje sólo se habían hecho realidad a causa de una tragedia familiar, y aunque el trabajo le había satisfecho profundamente, ayudándole a dejar a un lado los problemas personales, no había resuelto nada. La misteriosa muerte de Antonia y el fatal accidente de su hermano seguían rodeados de incógnitas.

Quenton caminó por el sendero del jardín a la par que Thor. Esa noche había tenido la sensatez de empezar a beber agua cuando ya no podía beber más vino, y después de un día entero sobre la silla de montar, el rey se había ido a la cama directamente.

Quenton respiró hondo, disfrutando del murmullo del mar. Esperaba añorar el suave balanceo del barco en alta mar, pero en cambio se había adaptado a Blackthorne con facilidad.

A causa de Olivia...

El pensamiento fue instantáneo. Miró hacia su

ventana y vio una luz encendida. La silueta de su busto se distinguía claramente. Estaba sentada frente al escritorio. ¿Qué estaba haciendo mientras todos dormían? Quizá estuviera escribiendo a unos familiares... A lo mejor tenía un diario. Quenton se sonrió. Le hubiera encantado averiguar todos sus secretos. No obstante, ya había descubierto que ella era mucho más de lo que mostraba al mundo. Tenía un gran corazón y era firme, pero dulce con Liat. A decir verdad era más que una simple tutora. Era como una madre para el chico. Además, había encontrado la forma de devolver a Bennett a la tierra de los vivos. Aquello sí que era un milagro. Nadie excepto Olivia, con su encanto y determinación, había logrado sacarle de su mundo de tinieblas. Ella había obrado lo imposible. Quizá por eso la amaba...

Quenton se paró en seco, sorprendido ante aquella revelación. ¿Amor? Aquello no era posible. Después de lo de Antonia, había jurado no volver a amar, pero había vuelto a ocurrir. En cuanto esa palabra tomó forma en su mente se dio cuenta de que era verdad.

La amaba. ¿Pero qué podía hacer al respecto?

El rey tenía razón. La joven niñera impertinente lo estaba volviendo loco.

Olivia estaba escribiendo una carta a sus tíos. Quería que fuera escueta, pero amable. Les agradecería que la hubieran acogido tras la muerte de sus padres y les diría que estaba contenta con su nuevo empleo. Y finalmente, ya que no iba a tener más contacto con ellos, les pediría que le mandaran el saldo del patrimonio de su madre, si quedaba algo. Aunque su tía le había dejado claro que no tenía ni un penique, Olivia había visto la opulencia de su residencia de Londres: muebles elegantes, personal doméstico a la altura del de Blackthorne, ropa y comida digna de reyes... La vieja Letty le había dicho que la familia de su madre poseía una fortuna y títulos. Si eso era cierto, debería de quedar algo del patrimonio de su madre. Wyatt había estado tan impaciente por hacerla firmar que Olivia había empezado a sospechar. Ojalá pudiera hablar con alguien entendido en esas cosas. La única persona a la que conocía era Quenton y la idea de compartir esa información era inimaginable.

Quenton...

Levantó la vista hacia el cielo nocturno. ¿Qué iba a hacer con esos sentimientos? Ella sabía muy bien que él era un hombre de mundo, totalmente inadecuado para una chica como ella. ¿Qué era ella, sino una niñera desposeída cuyo mundo llegaba hasta la puerta de entrada? Y sin embargo, esos extraños sentimientos subían y bajaban como las mareas cuando Quenton estaba a su lado. En los recovecos más escondidos de su corazón, pensaba que lo amaba, de verdad, pero no quería quedar en ridículo. Cómo hubiera querido que su madre estuviera allí para aconsejarla. ¿Acaso era amor lo que sentía? Al ver la estela de una estrella fugaz, cerró los ojos y pidió un deseo.

Quenton subió las escaleras en silencio, acompañado de Thor. Se detuvo ante la habitación de Olivia durante un instante y, sin molestarse en llamar a la puerta, abrió la puerta y entró en la sala de estar. Con un gesto hizo que Thor le esperara delante del hogar. Abrió la puerta del dormitorio y miró dentro. Olivia estaba sentada frente al escritorio, mirando al cielo. Sus pies descalzos asomaban por debajo de un camisón sedoso que bien podría haber sido tejido por los ángeles. Se había cepillado el pelo y su larga cabellera le caía sobre los hombros.

Sin dejar de mirarla, Quenton se cruzó de brazos y se apoyó contra el marco de la puerta.

Ella se dio la vuelta y le vio. Por un momento sólo pudo mirarle a los ojos. Era igual que el corsario del que hablaban los sirvientes. Era el pirata de sus sueños, el que la llevaba en barco hasta las playas más remotas.

La pluma se le escurrió entre los dedos y cayó sobre el escritorio. La joven se echó hacia atrás y se levantó de la silla.

—No os oí llamar.

—Porque no me molesté en hacerlo.

Su tono de voz... La mirada en sus ojos... Un estado de ánimo peligroso.

—Bueno —Olivia fue hacia él para acompañarle

a la puerta—. Si creéis que podéis entrar aquí como si nada...

—Puedo —la agarró del brazo con brusquedad y la atrajo hacia sí—. Puedo hacer lo que quiera en Blackthorne. Aquí, así como en el mar, yo pongo las reglas. Éste es mi pequeño reino.

Ella trató de empujarle a un lado, pero él la sujetó con brazos de hierro.

—Entonces tendréis que buscar súbditos más dóciles.

—No quiero súbditos dóciles, Olivia —la agarró del otro brazo y la sujetó contra él—. Los quiero fuertes, voluntariosos y desafiantes. Quiero una mujer que esté a mi altura y que luche a mi lado.

—Vos queréis —Olivia esperó que su risa sarcástica no hubiera sonado tan insegura como pensaba—. ¿Y qué pasa con lo que yo quiero?

—¿Qué queréis, Olivia? —se acercó aún más. Sus labios estaban a un milímetro de los de ella—. ¿Esto?

El beso fue brusco, agresivo, lleno de deseo. Más bien trataba de devorarla a besos. Sus labios se estrellaron sobre los de ella en un arrebato de desesperación. Cuando por fin levantó la cabeza, ella le empujó en el pecho y sintió los truenos de su corazón.

—¿Cómo os atrevéis?

Al levantar una mano para golpearle, él le agarró la muñeca y la sujetó con fuerza.

Olivia le miró perpleja mientras le levantaba las dos muñecas y las ponía alrededor de su cuello.

Deslizó las manos por todo su cuerpo, acariciando sus brazos, sus caderas, sus pezones...

Quenton sofocó las protestas de Olivia con un beso que la dejó temblando. Una avalancha de calor le recorrió todo el cuerpo. Su sangre se convirtió en un torrente de lava que corría por sus venas, derritiéndolo todo a su paso. Olivia perdió la razón y dejó que él la moldeara a su gusto.

Él sabía como las olas del mar y la arrastraba en una marea de pasión.

—Ahora decidme que no queréis esto —le susurró sobre los labios.

Un momento antes Olivia había estado decidida a echarle si era necesario, pero ya no podía articular palabra.

—Decidme, Olivia.

Ella se puso de puntillas y le ofreció sus labios una vez más, saciando su sed, aliviando su soledad. Lo rodeó con los brazos, devolviéndole sus besos y caricias.

—¿Lo veis? —susurró sobre su cuello—. Queréis lo que yo quiero, Olivia. El placer, la liberación, están a nuestro alcance.

En un lugar recóndito de su mente, Olivia oyó algo. Se trataba de las palabras que había dicho un momento antes. La joven emergió de aquel mar de placer e hizo acopio de la fuerza de voluntad que le quedaba.

—Así que... —respiró hondo—. Lo que estáis diciendo es que podemos darnos placer el uno al otro.

—Sí —la colmó de besos.

—Pero no habéis hablado del amor, Quenton. O de la felicidad.

Él soltó una carcajada. Apenas podía hablar ni respirar.

—Hacéis que parezca un cuento de hadas. Por experiencia os puedo asegurar que no existe tal cosa.

—Para vos, tal vez. Y si es así, lo siento, pero yo no me conformaré con menos.

Quenton le apartó los mechones de pelo húmedo de la cara y puso las manos sobre sus mejillas.

—Sois demasiado sensata para esas tonterías.

—No, milord. Vos sois el que es demasiado sensato. Por mi parte, yo prefiero los cuentos de hadas. O las tonterías, como vos lo llamáis.

Olivia dio un paso atrás, apartándose de él, que nunca sabría lo difícil que era. Al mirar esos ojos oscuros y atormentados el corazón se le rompió en mil pedazos. Ella quería lo que él le ofrecía, pero nunca lo aceptaría.

—Y ahora marchaos de mi habitación. Y no volváis a menos que seáis invitado —dijo desde la ventana, escudriñando el oscuro cielo de medianoche.

Era inútil intentar dormir. Estaba tan nerviosa que ni siquiera podía estarse quieta. Se dio la vuelta y comenzó a caminar por la habitación. Finalmente volvió junto a la ventana.

¿Cómo era posible que se sintiera atraída por un

villano sin corazón? ¿En qué momento la había abandonado el sentido común?

Su madre solía decirle que había dos clases de hombres: aquéllos que honraban a sus mujeres y los que las despojaban de su inocencia, arrebatándoles la dignidad. Olivia le había preguntado cómo distinguirlos.

«Oh, Livy. Cuando seas los bastante mayor, simplemente lo sabrás».

«Tenéis que ser mía, Olivia».

El picor de las lágrimas la tomó por sorpresa, pero ella no iba a llorar por ese hombre.

No lo haría.

Y sin embargo, a pesar de tanta determinación, las lágrimas corrieron por sus mejillas.

Trece

Olivia fue a la cocina. Tenía los ojos hinchados de tanto llorar. Junto a los hornos estaban el mayordomo, el ama de llaves y la cocinera.

—Mejor que no os crucéis con lord Stamford esta mañana —decía la señora Thornton—. Nunca lo he visto tan malhumorado.

—Estaba de buen humor cuando me acosté anoche.

Pembroke se estaba tomando un té mientras colocaba el desayuno en una bandeja.

—Ahora está que echa chispas por los ojos.

—Bueno, mientras no me caigan encima —dijo la cocinera mientras sacaba unas galletas del horno—. Buenos días, señorita St. John.

—Buenos días —Olivia trató de sonreír.

—Aquí tenéis vuestro té, señorita —la cocinera puso una jarra de té en la bandeja de Olivia—. ¿Galletas, señorita?

—Gracias. Sólo una. A Liat le encantan vuestras galletas.

—¿Y a vos no?

—Oh, no es eso. Sí que me gustan, pero esta mañana no tengo hambre. He perdido el apetito.

—Por lo que he oído, perderá más que el apetito si se acerca al señor.

—Lo tendré presente —cruzó la habitación y se sirvió un poco de fruta en conserva.

Mientras escuchó la conversación de los otros.

—Se dice que su majestad está tan satisfecho con el trabajo de lord Quenton que estaría encantado en volver a mandarle a la mar —Pembroke añadió una botella de vino al desayuno del señor con la esperanza de que apaciguara su mal humor.

—Entonces es verdad. ¿El señor informaba directamente al rey? —dijo la señora Thornton con gran emoción—. ¿Era un pirata entonces?

—Un corsario —dijo Pembroke—. Por lo que he oído, el mejor que jamás ha surcado los mares. No había un capitán de barco que no temiera caer en las manos del capitán Quenton Stamford y su despiadada tripulación. Pero por lo que he oído recientemente todo lo hacía para proteger al rey y a su país. No tenía miedo en la batalla, ni corazón cuando se trataba de proteger la armada del rey.

—Desde luego lo parece —la cocinera se rió como una chica—. Yo lo dejaría saquear mi barco en cualquier momento.

Los tres levantaron la vista al sentir un ruido. Olivia agarró la bandeja con gran estrépito y abandonó la habitación a toda prisa.

El ama de llaves se le quedó mirando

—A lo mejor tiene algo que ver.

Sí —Pembroke asintió—. Puede que tengáis razón, señora Thornton.

Él había visto cómo se miraban cuando pensaban que nadie se daría cuenta.

—Puede que tengáis toda la razón —repitió pensativo.

En el piso de arriba, Olivia corrió por el pasillo, ansiosa por llegar a la habitación de Liat. Por lo menos allí no tendría que escuchar las alabanzas que el personal dedicaba a Quenton el marinero, Quenton el corsario, Quenton el héroe del rey...

—Ah, señorita St. John —la voz del rey rompió el silencio de la mañana.

El monarca le salió al paso y la joven se quedó de piedra. Detrás de él, aguardaba Quenton con gesto impasible.

—Precisamente os estaba buscando.

—Buenos días, majestad. Milord —logró hacer una reverencia balanceando la bandeja.

—Estáis encantadora esta mañana —se volvió hacia Quenton—. ¿No estáis de acuerdo, lord Quenton?

Él la miró con un rostro de hielo.

—Sí, majestad.

—Gracias.

—Le acabo de decir a lord Stamford... —Charles se detuvo y sonrió de oreja a oreja—. Aunque está de mal humor esta mañana. Demasiado vino, o poca actividad aquí en Blackthorne. Sea como sea, le dije que deseaba salir a navegar esta mañana y me gustaría que vos y el niño nos acompañarais.

—¿A navegar? —Olivia trató de mantener la sonrisa, pero era imposible hacerlo bajo la distante mirada de Quenton.

—¿Habéis ido a navegar, señorita St. John?

—No, majestad.

—¿Es que nunca ha subido a bordo del barco de lord Stamford?

—No, majestad. Nunca he subido a bordo de ningún barco.

Se volvió hacia Quenton.

—Entonces la joven va a pasar un día muy agradable. ¿No estáis de acuerdo, amigo mío?

—Sí, majestad.

Al oír su respuesta insípida, Charles se echó a reír a carcajadas.

—Oh, lo vamos a pasar muy bien. Decidle a la cocinera que vamos a tomar la comida a medio día a bordo del barco —se volvió hacia Olivia—. Haced bajar al chico tan pronto como termine de desayunar. Iremos en mi carruaje hasta el muelle.

Olivia echó a andar, pero el rey la llamó.

—Y, señorita St. John...

Olivia se dio la vuelta.

—Os prometo que el humor de lord Stamford mejorará a lo largo del día. Nunca le he visto molesto a bordo de un barco.

Olivia corrió a la habitación de Liat. Mientras el chico comía, ella deambulaba por la habitación. ¿Cómo podría pasar un día entero bajo la fría mirada de Quenton? Quizá debería fingir que estaba enferma. Aquello parecía una opción de cobardes, pero, ¿qué más podía hacer?

—¿Qué vamos a hacer hoy, señorita? —Liat rompió la galleta en pedazos y la untó con mermelada.

El rey nos ha invitado a navegar. Pero quizá... —se volvió hacia él con esperanza—. Quizá os mareen los barcos.

—No, señorita. Vine en barco desde mi isla con lord Stamford y no me puse enfermo. Me gusta tanto el océano, y los barcos.

—¿De verdad? —Olivia se hundió en un pozo de desesperación.

—Echo de menos el agua, señorita.

—Pero sois tan joven, Liat. ¿Habéis navegado muchas veces?

—Casi todos los días.

—¿Con vuestro... padre?

Ésa era la primera vez que el chico hablaba de su vida en Jamaica. Aunque Quenton había insistido en que no le hiciera hablar de ello, no había dicho nada respecto a impedirle que dijera lo que pensaba.

—Con mi madre —dijo Liat con una sonrisa soñadora—. Ella pescaba y vendía el pescado en la plaza. Yo iba con ella todos los días.

¿Habría permitido Quenton que su amante trabajara como pescadera?

—¿Recordáis algo más? ¿A vuestro padre quizás?

La sonrisa del chico se desvaneció. Cruzó la habitación y se subió al baúl para mirar el mar.

Cuando por fin se dio la vuelta, su sonrisa había vuelto.

—Vamos, señorita. Estoy deseando embarcar.

Olivia se tragó la decepción. Por lo visto la vida de Liat en Jamaica entrañaba un misterio tan grande como la caída de Bennett desde los acantilados.

Una caravana de carruajes y vagones para transportar sirvientes y provisiones desfiló por los caminos que llevaban al muelle. La ruta estaba atestada de curiosos que querían volver a ver al monarca. Charles los saludó con la mano sin perder la sonrisa. Cuando llegaron, el barco ya estaba lleno y los sirvientes habían vuelto a la casa.

En el muelle, Quenton miró a su alrededor.

—¿Dónde están vuestro sirvientes, majestad?

—Los mandé de vuelta a Blackthorne.

—¿Vais a ir sin los sirvientes? ¿Y qué pasa con los alabarderos de la Casa Real?

—Los mandé a seguirnos en otro barco. Quiero pasar este día en la intimidad, rodeado de mis amigos.

—Ya veo.

Quenton señaló un barco reluciente atracado junto al muelle.

—Ahí está el Prodigad, majestad.

—Ah, lord Stamford, el barco de vuestro abuelo. Pasamos muchas tardes surcando estas aguas. Parece que los años no pasan por él.

—Sí. Envejece con elegancia —Quenton ordenó que sacaran a Bennett del carruaje y condujo a la comitiva hasta un bote con varios remeros.

Pembroke los ayudó a embarcar y remaron por el estrecho canal hasta el Prodigad.

A Bennett lo sentaron en una cómoda silla, con Minerva a su lado para atenderlo. Quenton se dirigió hacia el timón y Pembroke se ocupó de colocar a todos los invitados. La nave era pequeña y tenía una cubierta con techo para proteger a los navegantes del sol y del viento. Abajo, en la cubierta interior, había una mesa, sillas y bancos anclados al suelo.

En cuanto subió a bordo, el rey se quitó la chaqueta y el sombrero. Al ver las miradas de sorpresa de Olivia y Minerva, sonrió como un niño.

—Estoy entre amigos, señoritas. Espero no decepcionaros al despojarme de este atuendo de ceremonia.

—No, majestad —dijo Olivia—. Sólo deseamos que estéis cómodo.

Él se rió.

—¿Lo veis, lord Stamford? Aún tengo súbditos leales que se preocupan por su rey. Vos, señorita St. John sois una fuente constante de alegría para vuestro rey.

Con movimientos diestros, Quenton se quitó la chaqueta y el sombrero, e izó las velas. Olivia se quedó extasiada mirando cómo ondeaban en la brisa marina.

Con una mano en el timón, Quenton guió el barco desde la zona de amarre hasta mar abierto.

—¿Puedo guiarlo? —preguntó Liat.

Ante la sorpresa de Olivia, Quenton asintió.

—A ver qué os ha enseñado vuestra institutriz. Vamos, chico. Poned las manos aquí.

Quenton se puso detrás y observó cómo Liat dirigía el barco.

—Los buenos marineros saben cómo leer una brújula —le dijo con suavidad—. Aquí están las agujas de la brújula. ¿Sabéis qué significan?

—Sí, señor. La señorita St. John me dijo que la N es del norte, la S del sur, la E del este y la O del oeste.

—Bueno, Liat, podéis saber en qué dirección sopla el viento mirando las velas. ¿Hacia dónde deberíamos dirigir el barco para aprovechar bien el viento?

Liat estudió las velas y la brújula.

—El viento viene del sur —giró el barco hasta que la brújula apuntó al norte, lejos del viento—. Con el viento detrás de nosotros, deberíamos movernos más rápido.

—Muy bien, chico —dijo Quenton sonriendo—. Bueno, sois un marinero de raza —dejó que el chico siguiera guiando la nave, cuidando de que la quilla se mantuviera estable.

Cuando a Liat le empezaron a faltar las fuerzas, tomó las riendas de nuevo.

—Yo lo guiaré ahora, si queréis ir con los demás.

—Sí. Gracias, señor.

Rebosante de orgullo, Liat se sentó junto a Olivia y ella le acarició el pelo.

—¿Y qué tal si le dais una lección a la niñera, lord Stamford?

—Eso no es necesario, majestad.

Olivia se sonrió al ver que el rey rechazaba sus objeciones con un gesto.

—Insisto, señorita St. John —se volvió hacia Quenton—. Vamos, lord Stamford. Dejadla sentir el barco bajo sus manos.

Olivia se puso erguida y caminó hasta el timón. Quenton dio un paso atrás y la dejó ponerse al frente de la nave. En cuanto agarró el timón, la joven sintió el ímpetu de las olas. Aunque sujetaba el timón con ambas manos, apenas podía mantener la estabilidad del buque.

—Es como si estuviera... vivo —dijo, impresionada.

—Sí. La mar está viva. Tiene una mente propia —se inclinó hacia Olivia y cerró sus manos sobre las de ella para estabilizar el timón—. A veces es tan suave como una mujer enamorada, y otras es tan violenta como una mujer que ha sido traicionada.

—¿Por qué os referís a ella en femenino?

—Porque es una mujer. Todos los marineros lo saben. Adonde quiera que mires, abunda la vida. Más adelante hay un banco de peces aguja. Mirad qué ágiles son. Pueden cortar el agua más rápido que cualquier barco. Más rápido que el viento.

Olivia vio asomar las aletas en la superficie del agua. Quenton mantenía firme el barco mientras surcaba los mares.

—Ahí hay un delfín.

Olivia miró y vio a la criatura marina, tan juguetona como un cachorro, nadando a la par del barco.

—Los marineros dicen que traen buena suerte. No importa cuán lejos estemos de casa. Cuando vemos sus rostros sonrientes, sentimos que no estamos solos.

—Con todo el peligro al que hicisteis frente en esas orillas lejanas, no os imagino sintiéndoos solo, Quenton.

—Sí. Había mucho peligro y emociones. Tuve la oportunidad de visitar las costas de países maravillosos... pero ninguno de ellos era Inglaterra.

Olivia se estremeció y se aferró al timón.

—El agua estará más en calma cuando abandonemos el canal y lleguemos a mar abierto —señaló a lo lejos—. ¿Veis cómo cambia el color del agua? Aquí es casi del color del cielo, pero más allá es más verde que azul. Y mucho más allá, hacia el oeste, es azul oscuro, casi negra.

Ella siguió su mirada y asintió.

—Nunca había estado en el mar. No es lo que esperaba. Es como entrar en otro mundo.

—¿Tenéis miedo? —volvió a poner las manos sobre las de ella.

Olivia se volvió hacia él para contestarle.

—No. No tengo miedo. Sólo estoy maravillada. Nunca pensé que sería tan hermoso.

—Vos eclipsáis la belleza del océano, Olivia —le susurró al oído, sus labios sobre la sien de la joven.

Olivia deseó que aquel momento durara para siempre y se quedó inmóvil. Su pelo ondeaba en el viento, y las manos de Quenton reposaban sobre las suyas. Sabía con certeza que estaba segura en sus brazos.

—Mirad —le dijo señalando.

Todos se dieron la vuelta.

—El fin de la tierra.

—¿De verdad?

Él volvió a rozar las mejillas de Olivia con los labios.

—Hemos pasado el cabo más septentrional de Inglaterra.

Desde su asiento en cubierta, Charles observó a su viejo amigo y sonrió. Su pequeño plan estaba dando resultado. El espía real pensaba que ya dominaba el arte de guardar en secreto sus pensamientos, pero cuando se trataba de la hermosa Olivia, era tan transparente como las azules aguas del mar. Estaba enamorado, y Charles tenía la intención de hacerle ver la realidad... a su manera.

—Lord Stamford —Charles se puso una mano ante los ojos para protegerse del sol y señaló hacia la proa—. ¿Por qué no atracamos en esa cala?

—Sí. A ver qué nos ha preparado la cocinera —Quenton puso rumbo a la playa y echó el ancla a poca distancia de la orilla.

Pembroke bajó a la cubierta inferior y regresó con una bandeja de bebidas. Bennett y Minerva se sentaron a la sombra, y Olivia y Liat se unieron a Quenton y Charles.

El rey respiró hondo.

—Me encanta estar lejos de Londres. Aunque a veces navego por el Támesis, el aire no es tan puro como aquí. ¿Habéis estado en Londres, Olivia?

—Sí, majestad.

—¿Y qué os pareció?

—Prefiero el campo.

Charles le lanzó una mirada cómplice a Quenton.

—A lo mejor no lo habéis visitado en compañía de la gente adecuada. Estaba pensando en invitaros a la corte.

—¿A... la corte? —Olivia miró a Quenton al tiempo que él fruncía el ceño.

En ese momento Pembroke cruzó al otro lado de la cubierta y se paró junto al rey.

—Majestad, su comida está lista en la cubierta inferior.

—Ah, gracias, Pembroke. El aire del mar me ha dado mucho apetito —tomó la mano de Olivia y la hizo agarrarle del brazo—. Vamos, querida. Seamos los primeros —él la guió por las escaleras y le apartó la silla antes de sentarse a la mesa.

Mientras, Quenton bajó a Bennett, seguido de Minerva y Liat.

El rey agarró una copa de vino y observó cómo Pembroke le llenaba el plato de galletas, finas lonchas de salmón y ternera. Después del primer bocado, suspiró satisfecho.

—Lord Stamford, la cocinera se ha superado a sí misma.

—Sí, majestad —Quenton sonrió—. Claro está que la brisa marina podría haberos abierto el apetito.

—Quizá, pero si no tenéis cuidado, podría robárosla y llevármela conmigo a Londres. Tal vez vos y Bennett os encontréis solos cuando me vaya de Blackthorne. Y yo tendré en la corte a todas las encantadoras féminas que os hacen la vida tan agradable aquí en Blackthorne.

—Podríais tener una insurrección si lo intentáis, majestad —dijo Quenton sonriendo.

Después de comer tomaron un refrigerio en la cubierta exterior, disfrutando del sol. Liat señaló una playa rocosa, llena de troncos agarrotados y ramas serpentinas.

—¿Podemos nadar en la orilla, señor?

—¿Nadar? —Olivia se quedó perpleja.

—Supongo que no sabéis nadar, señorita St. John.

Ella miró a Quenton.

—No. ¿Y vos?

—No tuve elección. O aprendía a nadar o me hundía como una piedra.

—¿Me estáis diciendo que os arrojaron al agua a vuestra suerte?

—Exacto.

—¿Quién haría una cosa así?

—Un par de marineros borrachos.

Charles le guiñó un ojo a Bennett.

—Espero que les hayáis hecho pagar la broma.

—Me preocupaba más salvar mi vida. Tras revolverme en el agua y tragar varios litros de agua, logré aprender lo más básico.

—¿Y cuándo fuisteis tras los malechores? —preguntó Charles.

Quenton sacudió la cabeza.

—Desafortunadamente su barco ya había dejado el puerto.

Charles se apoyó en el pasamanos.

—Qué pena.

Quenton sonrió.

—Por suerte era un barco holandés.

Bennett sonrió y Charles se rió a carcajadas.

—¿Por qué fue una suerte? —preguntó Olivia.

—Porque cometieron el error de navegar por aguas inglesas. Y como súbdito leal del rey Charles II, tuve que dar ejemplo.

—Su oro, si no recuerdo mal, engordó las arcas —Charles volvió a sonreír—. Y una vez más mi amigo leal sirvió a su rey y a su país de manera ejemplar.

—Y esos marineros que me enseñaron a nadar se arrepintieron de su comportamiento poco amable.

De pronto saltó por la borda.

—Vamos, Liat. El agua es poco profunda aquí. Podéis nadar hasta la orilla.

—Yo iré con él —Charles se quitó las botas y sin preocuparse por sus elegantes calzones de satén, saltó al agua.

—¿Vais a venir, Olivia? —preguntó Quenton—. ¿O preferís esperar ahí con mi hermano?

Olivia lo miró sorprendida.

—¿Y cómo voy a llegar hasta la orilla?

—Podéis saltar y nadar con Liat.

Quenton levantó los brazos.

—O podéis confiar en mí y dejarme que os lleve hasta la orilla.

La joven miró a su alrededor. El balanceo del barco había sumido a Bennett en un sopor diurno y

Minerva daba cabezadas a su lado. Pembroke había bajado para recoger los restos de la comida.

Olivia pasó por encima del pasamanos.

—¿No me dejaréis caer?

Quenton calculó la distancia y levantó los brazos.

—Tenéis mi palabra.

Confiando en su promesa, Olivia respiró hondo y saltó.

Él la agarró fácilmente y ella tuvo que rodearle el cuello con los brazos. Sus rostros estaban a un milímetro de distancia. Durante un minuto eterno él la miró a los ojos y ella se sonrojó.

—Voy a tener que hablar con la cocinera —dijo al echar a andar—. Tiene que hacer que comáis más. Sois tan liviana como una pluma.

—No diríais eso si tuvierais que cargar conmigo durante mucho tiempo.

Quenton se detuvo.

—Si me lo pidiera, milady, os llevaría en brazos por toda Inglaterra.

—¿Qué pasa con vosotros? —Charles ya había alcanzado la orilla y estaba sentado en la arena.

Liat corría por la costa, esquivando las olas.

—No olvidéis que tengo un peso encima.

Quenton se rió y dejó a Olivia al lado del rey.

—Oh, ahora soy un peso. Hace unos minutos tratasteis de alabarme diciendo que era tan liviana como una pluma.

—No debéis creer en las palabras de un hombre

—Charles le guiñó un ojo—. Creed lo que os dicen los amigos a sus espaldas —se volvió hacia Quenton—. Creo que el chico quiere que le ayudéis a escalar ese árbol, Q.

—Sí. Necesita una mano.

Quenton fue hacia él.

—Os oí llamarle así la otra noche —dijo Olivia dirigiéndose a Charles.

—¿Cuando estabais escondida en el armario?

Las mejillas de Olivia estallaron en llamas.

—Espero que me hayáis perdonado por ello, majestad.

Charles se echó a reír.

—Será una historia que contar en los próximos años. Fue muy divertido, querida. Ya que lo oísteis todo, sabréis que llamamos a Bennett «Peque» y que yo soy «Repeluz».

Olivia parecía algo incómoda y Charles se rió a carcajadas.

—No os sintáis mal, querida. Las costumbres de la infancia nunca mueren. Sólo cuando estoy con ellos puedo ser yo mismo. Ahora recordad que os he dicho esto en la más estricta confidencialidad. Si repetís una sola palabra de lo que habéis oído, lo negaré. Y pediré vuestra cabeza —le acarició la mano y bajó la voz—. Ya que tenemos este momento de privacidad, me gustaría contaros una historia interesante de un viejo amigo mío. Cuando no era más que un jovenzuelo, de la edad de Liat, perdió a sus padres en un trágico accidente y quedó a cargo de un abuelo estricto, pero entrañable. Cuando creció se enamoró de una hermosa joven y su amor fue correspondido, pero algo pasó con ese amor, y se quedó solo, llorando la muerte de su esposa y soportando la enfermedad de su hermano, por no hablar de los infames rumores que le seguían a todas partes. Y cuando mi leal amigo se fue al mar, arriesgó su vida muchas veces por lealtad hacia su rey.

Olivia escuchó en silencio y se dio cuenta de que el rey le había dado el regalo más preciado. Se volvió hacia Charles con lágrimas en los ojos.

—Gracias, majestad.

—¿Por qué? —él se levantó y la ayudó a incorporarse.

—Por decirme lo que necesitaba saber.

Él le apretó las manos.

—Vuestro corazón ya lo sabía, querida.

—¿Es que se nota tanto?

Charles sonrió.

—Yo sabía lo que sentíais antes que vosotros dos. No estoy seguro de que Q sepa lo profundos que son sus sentimientos, pero debo advertiros de algo. Él es un hombre de grandes pasiones. Cuando se abra esa puerta, preparaos para un sitio sin tregua.

Olivia apartó la vista.

—No estoy segura de estar preparada para ello.

—¿Qué os dice vuestro corazón?

Ella se rió, algo insegura.

—Mi alocado corazón me dice que me he comportado como una idiota en compañía de vuestro amigo Q.

Charles la agarró de la barbilla y la miró a los ojos.

—Querida señorita St. John. Confiad en vuestro corazón.

Catorce

—Ah, amigo mío —Charles levantó la vista al cielo.

El sol de media tarde era una bola de fuego en el horizonte y teñía de rojo las aguas cristalinas. El Prodigal surcaba las aguas y sus blancas velas resplandecían en el cielo de la tarde.

—Ojalá no terminara nunca este día.

Quenton guió el barco por el canal.

—Habrá otros.

Charles se miró los pies descalzos y movió los dedos de los pies, disfrutando de aquellos momentos de libertad.

—Ninguno será tan agradable como éste, me temo. En cuanto pise ese muelle, me veré obligado a convertirme en el rey una vez más. Y mañana otra vez.

—¿Por qué?

—¿Es que no os lo dije? Mis invitados empiezan a llegar mañana. Esperan que me comporte como un monarca. No puedo decepcionarlos.

—¿Le habéis dado sus nombres a la señora Thornton para que pueda preparar sus habitaciones?

—Sí. Ella y yo repasamos la lista en cuanto la informé de mi pequeño evento.

Quenton sabía que aquello no tendría nada de pequeño.

—¿Y cómo se tomó las noticias?

Charles sonrió.

—Está tan impaciente como yo. Os lo dije. Nadie puede resistirse a mis encantos.

—Sí. Así es. No tiene nada que ver con el hecho de que sois el rey. ¿Verdad?

Las carcajadas de Charles animaron la oscuridad de la noche incipiente.

—Relajaos, lord Stamford. Disfrutaréis del baile tanto como yo. Tendréis la oportunidad de entretener a las personalidades más interesantes de Inglaterra.

Quenton se guardó su opinión para sí. Conocía muy bien a los aduladores y lacayos recelosos que habitaban la corte.

Mientras echaba el ancla y bajaba las velas, miró a Olivia, que estaba sentada entre Bennett y Minerva. Liat estaba recostado a su lado.

—Una estampa maravillosa... ¿No es así, Q?

Quenton se sobresaltó al oír la voz del rey tan cerca.

—No os oí acercaros.

—Sí. Sólo tenéis ojos para ella y lo entiendo muy bien. Londres se enamorará de ella. No tengo duda de que será la doncella más popular de la corte. Ah... —vio un pequeño bote dirigiéndose hacia el barco—. Es hora de desembarcar.

La expresión de Quenton se volvió rígida y Charles disfrutó del momento. Cómo le gustaba tomarle el pelo a su amigo. Estaba tan ciego de amor que había perdido el sentido del humor.

La comitiva fue escoltada hasta el muelle, donde esperaban los soldados del rey y los sirvientes. Los ayudaron a entrar en el carruaje y partieron hacia Blackthorne sin demora. Las calles volvían a estar llenas de gentes llegadas de todas partes. Charles saludó y sonrió hasta que la multitud quedó atrás. Cuando por fin llegaron a la casa, tuvo que reprimir un bostezo.

—Creo que voy a cenar en mis aposentos. Quizá en la cama. ¿Se lo diréis a la señora Thornton, Pembroke?

—Sí, majestad —el mayordomo lo ayudó a salir del carruaje.

El rey miró a Liat, que estaba dormido sobre el regazo de Olivia.

—Ya veo que no soy el único que está exhausto.

Cuando la joven se levantó, Quenton le quitó al niño de los brazos.

—Pesa mucho para vos. Lo llevaré a su habitación.

—Gracias —Olivia se encogió de hombros para disimular la descarga que había sentido al tocarle la mano. Con la ayuda de Pembroke, salió del coche.

Acompañada de Quenton, que llevaba al niño en brazos, Olivia se dirigió a sus aposentos. Ya en la habitación del chico, Olivia apartó las mantas y se hizo a un lado mientras Quenton dejaba a Liat sobre la cama y le daba un beso en la mejilla. Fue un momento tan tierno que una daga se clavó en el corazón de la joven.

—Yo le quitaré las botas —susurró ella.

Después lo arropó y apagó las velas antes de volver a la salita de estar.

Quenton se detuvo bajo el umbral.

—Si estáis cansada, puedo decirle a uno de los criados que os traiga la cena.

—No. No estoy cansada, milord. De hecho, me siento renovada por la brisa marina.

—Entonces os espero abajo.

—Sí. Sólo voy a refrescarme un poco.

Una vez sola, Olivia se quitó la ropa y se lavó un poco. Después se puso un vestido amarillo claro y se recogió el pelo con horquillas doradas. Se estaba vistiendo cuidadosamente.

La joven se detuvo ante el espejo y observó su reflejo. Una mujer se preparaba para ir a ver a su amante...

De camino hacia el comedor, pensó en todas las cosas que Charles le había dicho. ¿Por qué se había molestado en decirle todas esas cosas?

Al pie de las escaleras se encontró con Pembroke.

—Lord Stamford me ha pedido que os diga que os espera en la biblioteca, señorita St. John.

Mientras caminaba por el pasillo, Olivia sintió una punzada de decepción. Quenton sin duda prefería trabajar antes que pasar el tiempo con ella. La noche agradable con la que había soñado se había desvanecido. La oportunidad de ofrecerle su amor se le iba de las manos.

Pembroke llamó a la puerta y entró en la biblioteca, dejando paso a Olivia.

—Milord, la señorita St. John está aquí.

—Gracias, Pembroke —se puso en pie y rodeó el escritorio.

Olivia le miró fijamente.

«Un hombre misterioso. Un pirata peligroso. Un extraña mezcla de luz y oscuridad».

—Espero que no os importe. Le pedí a la señora Thornton que nos sirviera la cena aquí, ya que vamos a ser los únicos.

—¿Y Bennett?

—Está tan cansado como el rey y Liat. Minerva

va a darle la comida en su habitación —sirvió dos copas de vino y le ofreció una.

Olivia le dio un sorbo y miró a su alrededor. El fuego crepitaba en un enorme hogar. A ambos lados de la chimenea había una escultura de un león. Sobre la repisa colgaba un escudo compuesto por dos leones, una espada, un casco y una corona. Debía de ser un símbolo de amistad entre las familias Stamford y Stuart. A un lado había unas espadas cruzadas con empuñaduras decoradas con piedras preciosas y había dos paredes cubiertas de estanterías repletas de libros. Los ventanales ofrecían una espectacular vista panorámica de los jardines y los acantilados.

—Me gusta esta habitación. Creo que es la habitación perfecta para vos de entre todas las que hay en Blackthorne.

Quenton miró a su alrededor.

—¿Por qué?

—No sé. Por los libros, quizá. He oído que trabajáis con los libros de cuentas de vuestro abuelo hasta altas horas de la noche.

—Sí. Demasiado a menudo —su voz denotaba cansancio.

—Las espadas que están sobre el hogar... Supongo que sabéis usarlas.

Él asintió con gesto serio.

—No me disculparé por ello. Un corsario que no sabe usar armas es hombre muerto.

—No pretendía insultaros, milord. Sólo preguntaba —se volvió y señaló con el dedo—. Y las ventanas... os ofrecen una vista del mar que tanto amáis.

—Sois una joven muy observadora, señorita St. John.

Llamaron a la puerta y la señora Thornton entró seguida de varios sirvientes.

—Alisa ese mantel, bellaco. Pon las velas a un lado, cabeza hueca, para que su señoría pueda ver mientras come. No. No. Cerveza no, sinvergüenza. El vino.

El ama de llaves había empezado a sudar y usaba el delantal para secarse la frente húmeda.

—¿Os dejo a uno de estos insensatos, milord, para que sirva la mesa?

—No. Gracias, señora Thornton. Cuando estemos listos para cenar, llamaré a Pembroke.

—Sí, milord —tiró de una sirvienta al salir de la habitación y el resto de criados fue tras ella.

Cuando la puerta se cerró, Olivia se mordió el labio para no echarse a reír. Al mirar a Quenton se dio cuenta de que él estaba haciendo lo mismo y ya no pudo contener la risa. Se echó a reír a carcajadas y Quenton hizo lo mismo.

—¿Os dais cuenta de que, a pesar de todos esos improperios, tiene un buen corazón?

—Sí. Me he dado cuenta, pero las apariencias engañan —dijo Olivia.

Para no mirarle a los ojos, dio un paseo por la habitación y se detuvo ante las estanterías de libros.

—Por ejemplo, mi padre solía decir que a veces las bayas más hermosas son las más venenosas y un niño puede caer muy enfermo si las come.

—¿Algunas vez os habéis sentido tentada? —Quenton le llenó la copa y se la llevó.

—Muchas veces. Aunque contaba con la ayuda de mi padre, tuve que aprender yo sola.

—¿Y algunas vez comisteis las bayas hermosas?

—Oh, admito que las probé una o dos veces, pero no comí bastante para caer enferma, o para saber que en realidad eran amargas —sonrió—. Después de todo soy humana.

—¿Lo sois? Me alegra saberlo. Había empezado a pensar... —la miró a los ojos y se detuvo al ver que estaba jugando con fuego.

—¿Pensar qué?

Él le agarró un mechón de pelo y lo dejó deslizarse entre sus dedos.

—Que no había forma de tentar a una mujer tan inteligente como vos.

—¿Y vos deseabais tentarme?

Quenton vio un destello en sus ojos.

—Sí, pero no tuve ningún éxito.

—Quizá deberíais reservar vuestros encantos para alguien con riqueza y títulos de nobleza. ¿Por qué malgastarlo con una simple plebeya?

Quenton le tiró del pelo y la trajo hacia sí. Sus labios estaban a un milímetro de distancia.

—Vos no tenéis nada de plebeya, Olivia.

—Pero lo soy. Claro que mi padre me decía que las hojas de la planta más simple son las que más alivian.

—Nada podría aliviar este corazón que arde en llamas —le agarró la mano y la puso sobre su corazón—. Sentid lo que hacéis conmigo, Olivia.

Su corazón tronaba con cada latido. Ella lo miró a los ojos.

—¿Y qué vamos a hacer?

—No tiene cura, pero sí podemos hacer algo para ralentizar el proceso.

—¿Como qué?

Él sonrió.

—Primero, un poco más de vino.

Quenton levantó su copa y Olivia hizo lo mismo. Al bajar la copa, Olivia recibió un beso en la comisura del labio y sintió una descarga eléctrica por todo el cuerpo. Él retrocedió, antes de hacer algo de lo que pudiera arrepentirse.

Ajena a la lucha interior que Quenton estaba librando, Olivia se acercó.

—¿Y entonces?

—Comida.

Ella pestañeó perpleja.

—¿Comida?

—Sí —Quenton forzó una sonrisa al ver su expresión de estupefacción.

Con manos temblorosas, fue hacia la puerta y llamó al mayordomo.

—Creo que cenaremos ahora, Pembroke.

—Muy bien, milord.

Cuando el mayordomo entró en la biblioteca, Quenton le apartó la silla a Olivia.

Confusa ante su comportamiento, la joven fue hacia la mesa y se sentó. Quenton hizo lo mismo y el mayordomo empezó a servirles la comida.

—He puesto la tarta de ron y las tartaletas de pera en la mesa auxiliar, milord. Junto con el brandy —Pembroke descorchó el vino—. ¿Deseáis algo más?

Quenton sacudió la cabeza.

—Nada más. Gracias, Pembroke. Os llamaré si es necesario.

El mayordomo abandonó la habitación.

Olivia empezó a comer, decidida a no provocar más sobresaltos.

—He pasado un día muy agradable navegando con el rey.

—Charles es siempre buena compañía.

—Es extraordinario. No sabía que erais tan amigos.

—No es algo de lo que me guste hablar. Si se llegara a saber que somos tan amigos, algunos tratarían de utilizar mi influencia en su propio beneficio.

—Eso no os pasaría, Quenton. ¿Usar vuestra influencia con el rey en vuestro propio beneficio?

Él permaneció en silencio.

—El rey os tiene un gran aprecio.

—¿Cómo podéis estar tan segura?

—He sido testigo del respeto y del afecto con que habla de vos.

—¿Y cuándo ha sido eso?

—Cuando fuimos hasta la orilla.

Él recordó haberlos visto conversando en la arena.

—Me habló de vuestra infancia aquí en Blackthorne, y también me habló de vuestro estricto abuelo.

—Sí. Era un hombre estricto, pero también era justo. Y rescató a dos niños asustados de una tormenta.

—El rey también me habló de vuestra lealtad cuando servisteis como corsario.

Quenton arqueó las cejas.

—¿Os lo dijo?

Ella asintió.

—No es justo que algo así siga siendo un secreto. Mientras arriesgabais la vida por vuestra patria, muchos os despreciaron como a un hombre sin corazón.

Con una sonrisa, Quenton cubrió la mano de Olivia con la suya.

—De haber sabido que me defenderíais con ahínco, os lo habría dicho hace mucho, milady.

—Me estáis tomando el pelo. ¿Cómo podéis tomarlo tan a la ligera? ¿No sabéis que corren los más viles rumores y mentiras sobre vos? Creen que sois un villano despiadado.

—¿Y vos creéis que eso me importa? —ansioso

por alejarse de ella, Quenton fue hacia el hogar y contempló las llamas.

Ella le siguió y le puso una mano en el brazo.

—¿Cómo podéis soportar que extiendan calumnias sobre vos?

Quenton sintió el calor de su tacto y cerró su mano sobre la de ella.

—No me importa lo que digan o piensen de mí —se volvió hacia ella y la agarró de los hombros—. Sólo me importa lo que penséis vos.

—Creo que... —se armó de valor—. Creo que sois el hombre más valiente que jamás he conocido.

Los ojos de Quenton brillaron un instante y su sonrisa se volvió peligrosa.

—Insisto, Quenton. Creo que me estáis tomando el pelo.

Su sonrisa creció.

—Nunca os tomaría el pelo, Olivia —sus manos se movían lentamente sobre los brazos de ella, atrayéndola hacia él—. No es mi alma lo que me preocupa en este momento.

—¿Y entonces qué?

Él buscó sus labios y le dio un beso que los dejó sin aliento.

—Esto —volvió a besarla—. Sólo esto. Es lo único en lo que pienso. Vos sois lo único en lo que pienso.

Quenton vació su alma en ese beso, deleitándose con aquellos labios de fresa que lo habían hechizado.

Fue un beso tan ardiente y hambriento que a Olivia le tembló todo el cuerpo.

Aquellas manos hablaban de todos esos años de soledad y desesperación, absorbiéndola por completo.

Olivia le devolvió el beso con un frenesí que los tomó por sorpresa. Le rodeó el cuello con los brazos y le ofreció sus labios. Un volcán interior entró en erupción y ríos de lava corrieron por sus venas.

—Quenton —le agarró de la cintura—. Quiero —le colmó de besos—. Quiero lo que vos queréis —le susurró sobre los labios.

Él se quedó petrificado. La apartó de su lado y respiró hondo, llenando los pulmones, aclarando la mente. El ímpetu de sus sentimientos lo arrolló sin control y la mera idea de hacerla suya en ese momento le volvió loco.

—Quenton...

—Sss... —le puso un dedo sobre los labios—. Un momento, Olivia. Necesito pensar.

—Yo no quiero pensar —ella levantó la vista, ofreciéndole su boca—. Ya he pensado bastante. Quiero sentir.

—Cielos. ¿Sabéis lo que estáis diciendo?

Ella sonrió y se puso de puntillas para rozarse contra sus labios.

—Estoy diciendo que esto es lo que deseo. Te deseo.

Su mirada oscura y poderosa se tornó peligrosa y Olivia le besó con frenesí.

—Yo debería ser más sensato —susurró contra sus labios—. ¿Acaso no he luchado contra esto? Que Dios me ayude. Ya no tengo la fuerza ni la voluntad para resistir.

Cuando ella levantó la vista con labios suplicantes, él se apartó y respiró profundamente.

—Ahora no, Olivia. Todavía no. Si me atrevo a besaros una vez más, no llegaremos al piso superior.

Quince

La puerta de la biblioteca se abrió de golpe. Pembroke y el ama de llaves se sobresaltaron al verlos salir al pasillo.

—Hemos terminado, Pembroke. Señora Thornton, podéis mandar a recoger la mesa.

—Sí, milord. ¿Deseáis algo más?

—No, gracias.

—Muy bien, milord —Pembroke los vio subir las escaleras.

El ama de llaves y el mayordomo entraron en la biblioteca para apagar el fuego. La señora Thornton fue hacia la mesa.

—Qué raro —dijo—. No han probado bocado.

—Quizá estaba fría.

La señora cortó un trozo y lo probó.

—Está perfecto.

Pembroke cruzó la habitación y miró los platos llenos.

—Tenéis razón. No han comido nada. ¿Habéis visto las mejillas de la señorita St. John?

—¿Sus mejillas?

—Estaban rojas. Y tenía el pelo revuelto.

—¿El pelo?

—Sí. Y lord Stamford tenía el aspecto de un loco. Una pantera, quizá, a punto de atacar.

—¿Creéis que han discutido? Ya sabéis que pierden los estribos fácilmente. Puede que se hayan enfrascado en una disputa.

Pembroke sacudió la cabeza.

—Puede que se hayan enfrascado en algo, pero no fue en una discusión.

Al caer en la cuenta, el ama de llaves se llevó una mano al pecho.

—Oh, Dios mío. ¿Lord Stamford y la joven señorita St. John?

Una sonrisa iluminó los ojos de Pembroke.

—Yo diría que son tal para cual.

—En absoluto. Vos mismo habéis dicho que él parecía un salvaje. La devoraría.

—No menospreciéis a nuestra pequeña institutriz. Tiene la lengua afilada y el ingenio agudo. Hay hierro bajo esa apariencia delicada. Creo que puede hacerle frente a lord Stamford —Pembroke miró los platos y copas, que estaban intactos—. Es una pena desperdiciar una buena comida junto a un buen hogar —rodeó la mesa—. ¿Qué os parece compartirla conmigo, Qwynnith?

Con sumo cuidado para no rozarse, Quenton y Olivia subieron las escaleras y avanzaron por el pasillo en penumbra. Aunque intentaran andar con soltura, sus movimientos eran tensos y rápidos.

Olivia estaba librando una batalla en su fuero interno. Sabía que aquello era lo que deseaba, pero no sabía lo que la esperaba. Quenton era un hombre de mundo y podría desilusionarse ante su falta de experiencia. Hasta podría reírse de su ignorancia.

Cuando llegó a la puerta de sus aposentos, Olivia se detuvo, pensando que él le abriría la puerta y la llevaría adentro. En cambio, Quenton la levantó en brazos y fue hasta su propia habitación. Una vez dentro, cerró la puerta con el pie y la apoyó en el suelo.

Olivia sintió un arrebato de pánico.

—Creo que...

—No penséis. Sentid —le dio un beso.

Al notar el cosquilleo de sus labios, Olivia sintió una avalancha de calor y se tambaleó ante su poder. Sabía que él estaba intentando ser delicado por ella, y lo quería aún más por ello.

—Sois tan suave. Tan suave —murmuró contra sus labios.

—Y vos sois tan fuerte que me da miedo.

—No temáis —puso las manos sobre sus mejillas y la miró a los ojos—. Nunca os haría daño.

—Lo sé.

—¿De verdad? Entonces sabréis que mataría por vos, Olivia. Moriría por vos. Me arrastraría por vos, pero nunca os haría daño.

Ella cerró los puños sobre las muñecas de Quenton.

—No digáis eso, ni siquiera en un momento como éste —le dijo en un tono solemne.

—¿Que moriría por vos? ¿Que mataría por vos? Es la verdad.

Él le quitó las horquillas del pelo.

—¿Sabéis cuánto tiempo llevo deseando hacer esto? —observó cómo se precipitaba sobre sus hombros aquella oscura melena ondulada.

—Por todos los cielos, sois maravillosa.

Le rozó los labios y sintió que un torrente de calor le arrasaba las venas. Hubiera querido ir despacio, darle el tiempo que necesitaba, pero ya no podía mantener a raya sus instintos urgentes.

Hundió las manos en su cabello y la besó hasta dejarla sin aliento.

Olivia se apartó un poco para recuperarse.

—Pensaba que había pensado en todo.

Él la colmó de besos.

—¿Y ahora?

Olivia se estremeció al sentir el cosquilleo de sus labios sobre el oído.

—Ya no lo sé. No puedo pensar cuando me besáis.

—Bien. Eso era parte del plan.

Mordió su piel de seda y escuchó complacido su gemido de placer.

Quenton esbozó una peligrosa sonrisa y recorrió el cuello de Olivia con los labios. Su corazón latía desbocado. Llenó sus pulmones de una fragancia de lavanda mientras acariciaba su piel de terciopelo.

Olivia temblaba y respiraba entrecortadamente. Quenton llegó hasta su pecho y empezó a mordisquearle los pezones. Deseoso de librarse de las barreras de la ropa, masculló un juramento.

Aquella era una nueva sensación que la joven no había previsto. En lo profundo de su ser, una marea de fuego empezó a subir y bajar, humedeciendo todo a su paso.

Quenton se apresuró a desabrocharle los botones del vestido, pero sus dedos torpes maniobraban con lentitud.

—Os ayudaré —dijo Olivia y levantó las manos.

El tejido cedió y Quenton lo desgarró a toda prisa.

—Quenton, mi vestido nuevo...

—Os compraré una docena para reemplazarlo. Dos docenas.

Él observó cómo caía a los pies de la joven y comenzó a acariciarle todo el cuerpo. Sus manos jugueteaban, la atormentaban, despertaban su deseo...

Resplandeciente como el alabastro, su piel era más suave de lo que jamás había imaginado. El cuerpo de Olivia temblaba bajo sus manos, dándole un placer inusitado.

Tiró del lazo de sus enaguas y la despojó del resto de la ropa.

—Olivia, sois tan hermosa...

—Eso nunca me había importado, pero ahora quiero serlo. Para vos, Quenton. Sólo para vos.

Con un gemido de placer, Olivia se apretó contra el cuerpo de Quenton y le besó en el cuello. Sentir sus labios sobre la piel era una tortura exquisita. Él sabía que podría hacerla suya en ese momento. La liberación estaba a su alcance, pero quería más. Lo quería todo. Darle un placer con el que jamás había soñado; ofrecerle un banquete de delicias, de fantasías salvajes.

Quenton retrocedió y la miró de arriba abajo.

—He soñado con veros así, con sentiros así —abarcó sus pechos turgentes con ambas manos y empezó a acariciarle los pezones.

Pero aquello era sólo el principio. Sedienta de pasión, Olivia le rompió la camisa para sentirle bajo las palmas como él lo estaba haciendo. Piel contra piel, latidos contra latidos...

En un arrebato, le tiró de los calzones y Quenton se sacó las botas para desembarazarse del resto de la ropa.

—Tocadme, Olivia. Necesito que me toquéis.

Ella deslizó la mano sobre su piel caliente tal y como él había hecho antes; primero con timidez y después con lujuria al oír su grito de placer. Los músculos de su espalda y hombros eran poderosos; su vientre una plancha de hierro. Sus manos la acariciaban como si estuviera hecha de cristal.

Olivia perdió la razón. Sólo era consciente de un deseo ardiente que le abrasaba los pulmones, la piel; un fuego que crepitaba sobre sus nervios y la hacía temblar.

Demasiado débiles para seguir de pie, cayeron sobre las rodillas, entrelazados con un beso. Quenton la hizo tumbarse sobre la ropa extendida y comenzó a explorar su cuerpo, robándole gemidos de placer. A través de unos párpados pesados, ella le vio. Cabello negro, ojos oscuros que brillaban de placer, piel bronceada, musculosa, firme, húmeda... Su ángel oscuro.

Sumergida en un sopor de sensaciones, Olivia sintió como si levitara sobre su cuerpo, observando y escuchando.

En la quietud de la noche, el graznido de un ave nocturna desgarró el silencio, cantándole a la luna y al mar.

El mundo alrededor dejó de existir. Todo lo que importaba eran aquellos dos seres, perdidos en la pasión.

Entonces Olivia le oyó mascullar un juramento y sintió la aspereza de sus manos curtidas al darle un placer nunca antes soñado. Quenton la observó alcanzar el primer clímax. Esos ojos tan expresivos se velaron ante la sorpresa. Él no le dio tiempo a recuperarse, sino que siguió adelante en aquel viaje vertiginoso. Así la había deseado. No sólo suave y dócil, sino salvaje y apasionada.

Su mujer. Sólo suya...

Quenton supo que estaba al borde de la locura, pero aguantó un poco más. Necesitaba darle más, dárselo todo. Tenía que conseguir que aquella noche viviera para siempre en su memoria, tal y como lo haría en la suya propia.

Olivia ardía en placer. Tanto así que se preguntó si terminaría derritiéndose. La piel le brillaba, húmeda y caliente, y tenía el pelo empapado, pegado a las mejillas y al cuello.

Por fin, cuando supo que tenía que hacerla suya o morir, recorrió su cuerpo con los labios hasta encontrar los de ella. Fue entonces cuando se abrió paso hacia el interior de su sexo, sofocando su aliento exaltado.

—Podría doler, pero sólo será un momento.

Olivia se puso tensa, esperando recibir un latigazo de dolor, pero lo único que experimentó fue placer; olas y olas de placer en las que estaba a punto de ahogarse. No obstante, cuando él comenzó a moverse, ella hizo lo mismo, sacando una fuerza hasta entonces desconocida.

Suyo para siempre...

Olivia lo envolvió con su cuerpo y emprendió el camino hacia la cumbre de aquella montaña. Él era suyo. Sólo suyo.

Y entonces los pensamientos volaron y llegaron más alto, y aún más lejos, hasta que por fin cayeron por un precipicio para aterrizar en un río de luz que se condensó en una nebulosa fulgurante.

Yacían juntos; sus alientos mezclados, rotos. Los cuerpos retumbaban con cada latido. Piel mojada, brillante...

Quenton se apoyó sobre los codos y la contempló un instante. Había lágrimas en sus ojos. La rodeó con sus brazos con tal frenesí que la dejó sin respiración.

—Cielo santo, os he hecho daño.

—No. Oh, no, Quenton. Son lágrimas de felicidad.

—¿De verdad? ¿Estáis segura?

—Sí.

Él le secó las lágrimas con los pulgares.

—¿Sabéis cuánto tiempo he deseado abrazaros así? ¿Amaros así?

—¿Cuánto?

—Creo que desde la primera vez que os vi. Estabais tan asustada.

—No estaba asustada.

—Mentira. Temblasteis cuando os toqué.

—Bueno, quizá un poco. Parecíais tan cruel.

Él se rió a carcajadas.

—Y vos parecíais totalmente intocable. Entonces supe que deseaba tocaros, acariciar este cabello —susurró mientras le apartaba el pelo de la cara.

—¿Y entonces por qué os llevó tanto tiempo?

Quenton esbozó una sonrisa.

—Si recordáis, no colaborasteis mucho.

—Me daba vergüenza.

—Lo sé. Y eso me atraía mucho.

—¿De verdad? Yo creía que no os gustaba mucho.

—Oh, señorita St. John, me gustabais mucho —le dio un beso—. Muchísimo —rodó a un lado y la tomó en sus brazos—. Y tengo intención de demostrarlo tan a menudo como me sea posible. Oh, Livy, hay tantas cosas que deseo enseñaros.

Olivia se quedó quieta y él se apoyó en un brazo.

—¿Qué ocurre? ¿Es algo que he dicho?

—Me habéis llamado Livy.

—¿Ah, sí? —sonrió y se relajó a su lado—. Me apreció apropiado. ¿Os importa?

Ella sacudió la cabeza.

—Mis padres siempre me llamaban así.

—¿Lo veis? Tenía razón. Y cuando estemos solos os llamaré así. Por supuesto, seréis la señorita St. John en compañía de otros. La institutriz correcta y decorosa, Olivia St. John.

—¿Así me veis? ¿Correcta y decorosa?

—Sí. ¿Y cómo me veis a mí?

—Un pirata oscuro y peligroso —dijo ella sin dudar—. Que navega hasta tierras exóticas y presenta batalla a sus enemigos sin miedo, con valor.

Él sonrió y giró uno de sus rizos con el dedo.

—Este pirata oscuro y peligroso cae a vuestros pies con un simple roce de vuestras manos.

—Tened cuidado, milord. Sería peligroso para vos creerme poseedora de tanto poder —puso una mano sobre su pecho fornido y le sintió estremecerse—. ¿Tembláis?

Olivia esbozó una sonrisa pícara y bajó la mano un poco más. Él se encogió y lanzó un gemido de puro éxtasis.

—Si no paráis, milady, podríais descubrir todo vuestro poder.

—¿Cómo es posible? ¿Podríamos...? —sonrió—. ¿De nuevo?

Quenton suspiró.

—Hace un momento erais una virgen pura y dulce, y ahora...

—Sí —se incorporó y la melena le cayó en cascada sobre los hombros.

Se inclinó y puso los labios sobre su cuello.

—Creía que habíais dicho que queríais enseñarme muchas cosas.

—¿Y queréis verlas todas ahora?

—Sí —Olivia bajó el rostro y recorrió su pecho con los labios, su vientre...

Quenton exhaló el aire que le quedaba.

Ella se rió juguetona.

Entonces él la hizo ponerse encima.

—Veo que no tengo elección sino daros otra lección en el arte del amor.

—Sí, milord.

Su risa caprichosa fue sofocada por un beso hambriento y caliente.

Quenton y Olivia yacían enredados en una jungla de ropa de cama. El alba despuntaba por el horizonte. Quenton la había llevado hasta el dormitorio. El fuego se había extinguido horas antes, pero ninguno tenía intención de abandonar la calidez del lecho. Y así permanecieron... Sus cuerpos entrelazados, piel sobre piel.

Habían hecho el amor toda la noche y la profundidad de su pasión los había tomado por sorpresa. En ocasiones la lucha amorosa había sido tan violenta como una tormenta, dejándolos magullados y exhaustos. Otras veces, había sido dulce y tierna.

Quenton le apartó un mechón de la cara y sonrió. Ella se había abierto a él como una flor y se lo había dado todo.

—¿En qué estáis pensando? —preguntó Olivia, abriendo los ojos.

—En lo agradable que es despertarse con vos. ¿Cómo sobreviví todos estos años sin vos?

Ella se acurrucó a su lado.

—Me siento tan...

—¿Qué?

—Tan segura con vos, Quenton.

—Vos sois mi amor. Os doy mi palabra de que nadie os hará daño —le susurró al oído.

—Mi pirata valiente... —deslizó un dedo sobre una de las muchas cicatrices que cubrían su pecho y espalda—. No soporto que llevéis las cicatrices de la batalla.

—Son sólo cicatrices, milady.

—Pero fueron una fuente de dolor. Y no soporto pensar que sufristeis.

—Ya no hay dolor. Vos lo habéis alejado con vuestros besos. Y ahora besadme una vez más. Aliviad el dolor de mi corazón.

La colmó de besos y caricias, y una vez más esas manos prodigiosas hicieron magia. El cielo se llenó de luz y los pájaros dieron la bienvenida a la mañana con sus cantos. En el corazón de Blackthorne, dos seres se sentían tan solos como aquellos que contemplaron el primer amanecer.

—Ayer me quedé dormido en Blackthorne —le susurró sobre los labios—. Y hoy me he despertado en el paraíso.

Con suspiros y palabras de amor, se adentraron una vez más en el jardín de Edén...

Dieciséis

—Milord —la voz de Edlyn y los golpecitos sobre la puerta despertaron a Quenton y a Olivia.

Ambos se incorporaron desconcertados, somnolientos, en un reguero de sábanas y mantas.

—No puede haber amanecido —dijo Olivia y se llevó las manos a la boca.

Las cortinas tupidas impedían que entrara la luz del sol.

Quenton sonrió con picardía.

—Parece que nos hemos quedado dormidos, amor mío.

—¿Cómo voy a ir a mi habitación? Mi vestido...

Desolada, Olivia miró el montón de jirones junto a la cama.

—Quenton, todos se van a enterar.

Volvieron a llamar a la puerta.

—Milord, la señora Thornton me ha enviado a encender el fuego.

—Gracias, Edlyn —miró a Olivia—. Yo me ocupo.

—¿Y vuestro desayuno, milord? Os traigo té y galletas.

—Dejadlo junto a la puerta. Lo recogeré cuando me haya vestido.

Hubo un momento de vacilación.

—Sí, milord.

Quenton esperó a oír los pasos que se alejaban y se dejó caer sobre la almohada.

—Oh, Livy —dijo entre risas—. Deberíais ver vuestra cara.

—¿Cómo voy a enfrentarme al personal? Y al pequeño Liat. Debe de estar buscando a su institutriz por todas partes —se volvió hacia él—. Oh, Quenton, ¿qué vamos a hacer?

—Bueno —deslizó los dedos por el brazo de Olivia—. Podríais recoger esa bandeja mientras enciendo el fuego. Así estaréis a gusto mientras tomáis el desayuno.

—¿Cómo podéis estar tan tranquilo?

—Tenéis razón. No es justo —tiró de Olivia y la hizo tumbarse sobre él.

Entonces empezó a besarla en el cuello.

—Si vais a preocuparos, lo menos que puedo hacer

es procurar que estéis cómoda —besó sus pechos y Olivia suspiró de placer—. Bueno, ¿no os sentís mejor?

—Ah, lord Stamford, señorita St. John —el rey levantó la vista para saludar a la pareja recién llegada a la mesa.

Bennett, Minerva y Liat ya estaban allí. Los sirvientes revoloteaban por toda la estancia y lanzaban miradas furtivas a la pareja. Pembroke, de pie junto a la puerta, permaneció impasible al verlos entrar, y la señora Thornton, tan atareada como siempre, irrumpió en el comedor al oír la voz del rey y se echó a un lado rápidamente.

—Tenéis buen aspecto, viejo amigo —Charles apartó la silla que estaba a su lado—. Sentaos aquí, señorita St. John.

Quenton le sujetó la silla y ella se sentó junto al monarca. Él tomó asiento a su lado y sus dedos se entrelazaron con discreción.

—Debo decir, señorita St. John, que la brisa marina os ha sentado muy bien. Estáis radiante.

Olivia se sonrojó.

—¿No estáis de acuerdo, lord Stamford?

—Sí, majestad.

—¿Habéis dado un paseo por el jardín?

—¿Por... el jardín? —Olivia miró al rey y después a Quenton—. ¿Por qué lo preguntáis, majestad?

—Porque me encontré con Liat delante de su habitación. Me dijo que llevaba toda la mañana buscándoos, señorita St. John —le lanzó una sonrisa cómplice—. Le dije que probablemente estaríais dando un paseo con lord Stamford. Después de todo, en Blackthorne hay pocos lugares donde esconderse —sonrió aún más—. Y muy pocos secretos.

El rostro de Olivia estalló en llamas.

—Aquí tenéis vuestro té, señorita —dijo el ama de llaves—. Y un poco de vino caliente—. Dicen que relaja mucho.

Olivia trató de sonreír.

—Gracias, señora Thornton.

Un sirviente llevó una bandeja llena de carne y pan, pero Olivia sólo se sirvió una galleta. Quenton se llenó el plato.

—Ya veo que tenéis mucho apetito esta mañana, amigo mío —el rey vació su copa y asintió mientras una sirvienta le servía otra—. No hay nada como un refrescante día en la mar para hacer agravar... todo tipo de sed.

Quenton vio un destello en los ojos del monarca y captó la indirecta. En cualquier otro momento hubiera disfrutado de las insinuaciones de su amigo, contraatacando inmediatamente, pero era consciente de la incomodidad de Olivia y estaba decidido a protegerla.

—Pensé que os gustaría visitar los establos, majestad.

—Vi los caballos hace dos días, cuando fuimos de caza.

—Sí, pero no tuvimos oportunidad de cabalgar al galope con nuestros corceles. Apuesto mil libras a que mi corcel adelanta al vuestro —añadió al ver la expresión aburrida del rey.

El monarca reaccionó.

—No estaréis tratando de distraerme. ¿Verdad, amigo mío?

—No lo entiendo, majestad.

Charles echó atrás la cabeza.

—Oh, sabéis exactamente lo que quiero decir. Y podría aceptar la apuesta. Sabéis cómo me gusta ganaros el oro. Sin embargo, por ahora prefiero dar un paseo por el jardín.

Se puso en pie y los otros lo siguieron.

Aliviado, Quenton se acercó a Olivia.

—Deberíais ir a vuestra habitación y hacer los deberes con Liat.

—Sí —Olivia estaba deseando escapar de las bromas del rey.

De pronto, Charles se volvió hacia Olivia.

—¿Nos acompañaréis, señorita St. John? Liat me ha dicho cuánto sabéis sobre plantas e insectos. Me gustaría verlo por mí mismo.

Olivia se lamentó para sí sin perder la sonrisa.

—Sí, majestad. Será un placer.

Al ver la cara de Quenton, los ojos del rey tomaron un brillo perverso.

—¿Deseáis decir algo, viejo amigo?

—No, majestad —lo diría más tarde.

—Bien. Prosigamos.

Salieron al calor de la mañana y siguieron el sendero de hierba.

—Si queréis adelantaros, chico, podéis buscar mariposas.

—Gracias, majestad —Liat comenzó a retozar entre los rosales.

Los otros se detuvieron para contemplar los setos bien cuidados y disfrutar de la fragancia de flores que llevaba la brisa. El rey encabezaba la comitiva y Olivia iba a su lado. Quenton caminaba detrás, seguido de Bennett y Minerva.

—Creo que Blackthorne tiene uno de los jardines más maravillosos que he visto, lord Stamford.

—Gracias, majestad. Haré llegar vuestras palabras a los jardineros.

Charles tomó a Olivia de la mano.

—Y vos, querida, sois la flor más hermosa de todas.

La mano de Quenton se cerró en un puño.

—Me temo que me habéis confundido con una dama de alcurnia de la corte, majestad.

Al ver el rubor en las mejillas de Olivia, Charles se volvió hacia su anfitrión.

—¿Cómo es posible? Una mujer hermosa que no es consciente de su belleza.

Quenton asintió con un gesto.

—Sí, majestad. Es un tesoro excepcional. ¿No es así, majestad?

—Desde luego, Un tesoro excepcional.

Todos levantaron la vista al oír el grito de Liat. Le encontraron señalando una mariposa que estaba posada sobre una pálida rosa.

—Mirad, majestad. Es una Celastrina Argiolus. La señorita St. John me dijo que no eran comunes aquí en Cornwall.

—Extraordinario —tomando al chico de la mano, el rey se acercó para verla mejor—. ¿Veis esos colores maravillosos?

Liat asintió.

—La señorita St. John dijo que parecían las ventanas de una catedral.

—Una descripción muy acertada, Liat. Oh, mirad cómo va de flor en flor.

Echaron a correr por el jardín, siguiendo el vuelo del insecto. Los otros fueron detrás.

Quenton tomó la mano de Olivia y fingió ayudarla a andar sobre el suelo accidentado.

—Ojalá estuviéramos solos —susurró—. Quiero abrazaros, besaros.

—Silencio, Quenton. Alguien podría oíros.

—No me importa que se entere el mundo entero —se detuvo ante los helechos y le acarició la mejillas—. Huyamos.

—¿Adónde huiríamos?

—No lo sé. Al mar, quizá. A bordo del Prodigal —sonrió—. ¿No sería maravilloso?

—Oh, aquí estáis —la voz del rey, cercana y estruendosa, los tomó por sorpresa y se apartaron de inmediato—. La Celastrina voló sobre el prado.

Charles los miró con complicidad y sonrió con picardía.

—Sentémonos aquí a ver si vemos otra.

Quenton apenas pudo ocultar su impaciencia cuando el rey y Liat se sentaron en una roca para discutir lo que acababan de ver.

—Ésta ha sido una mañana única. Dos bellezas excepcionales.

—¿Dos? —Liat parecía confundido.

—Sí. La Celastrina Argiolus y vuestra institutriz —riendo a carcajadas, tomó al chico de la mano—. Vamos a dar otro paseo, Liat, a ver si encontramos más tesoros —se volvió y habló en un tono enérgico—. Lord Stamford, espero que vos y la señorita St. John os unáis a nosotros. Y esta vez, tratad de seguir el ritmo.

—Lord Stamford, la variedad de mariposas que alberga vuestro jardín me ha dejado perplejo —el rey estaba de buen humor después de varias horas en compañía de Liat y Olivia—. El chico está recibiendo una formación muy buena. No tengo palabras para elogiar a esta institutriz. La profundidad de sus conocimientos es mucho más de lo que esperaba.

Al oír tantas alabanzas, Olivia volvió a sonrojarse.

—Habladme de la fuente de vuestros conocimientos —dijo Charles cuando se acercaron al patio.

—Me enseñó mi padre, James St. John. Era un tímido y humilde profesor de botánica en Oxford.

El rey se detuvo y la miró sorprendido.

—¿James St. John? Esto es increíble. Señorita St. John, yo conocí a vuestro padre.

Olivia se quedó estupefacta.

—Mantuve correspondencia con él después de leer sus tratados. Sus conocimientos e interés me dejaron profundamente impresionado. Él me mandó varios especímenes para mi colección, y a cambio yo le otorgué un título y un estipendio más que generoso.

—¿Un... título y un estipendio?

—Al convertirse en consejero creí adecuado darle el título de lord. Y con el título de nobleza le otorgué una modesta propiedad en Oxfordshire —la miró fijamente—. Parecéis sorprendida, querida.

—¿Por qué me ocultarían mis padres una cosa así?

—¿No lo sabíais? —preguntó Quenton.

—No.

Él la tomó de la mano.

—Vos habéis dicho que eran gente humilde. Quizá pensaran que semejante revelación les haría parecer vanidosos.

—Quizá, ¿pero no habrían querido compartir semejante honor con su hija? —Olivia estaba dolida—. ¿Qué podrían haber hecho con la propiedad y el estipendio?

Quenton se volvió hacia el rey.

—Decís que se lo disteis al padre de la señorita St. John. ¿No, majestad?

—No me reuní con él personalmente. La decisión se tomó en la corte y un emisario se lo notificó.

Quenton miró a Olivia.

—Puede que hayan muerto antes de conocer la noticia —se volvió hacia el rey—. Los padres de Olivia murieron recientemente en un accidente.

El rey puso una mano sobre el hombro de la joven.

—Mis condolencias, querida. Es una gran pérdida para Inglaterra y debió de ser muy doloroso para vos.

—Sí, majestad —Olivia se conmovió al ver su preocupación—. Gracias por vuestra compasión.

Pembroke se asomó en el umbral.

—Majestad, lord Stamford, se acercan varios carruajes.

—Mi primeros invitados de Londres —los ojos del rey se iluminaron—. Vais a pasarlo muy bien, milady. Estáis a punto de conocer a algunos de los más sabios e ingeniosos personajes de Inglaterra. ¿No es así, amigo mío?

Quenton trató de mostrar un poco de entusiasmo. Miró a Liat, que estaba agarrado a la falda de Olivia.

—Quizá deberíais llevar a Liat a echarse la siesta. Podéis conocer a los invitados esta noche en el baile.

Olivia vio el rictus de sus labios. No iba a ser posible que estuvieran juntos.

—Sí, milord. Creo que es lo mejor.

Incluso a esa distancia podía oír los insultos de la señora Thornton mientras los carruajes se acercaban al patio. Habría docenas de invitados, que serían acompañados a sus aposentos, y decenas de maletas que cargar. Durante las siguientes horas, el caos reinaría en Blackthorne, y aunque deseaba con todas sus fuerzas que Quenton estuviera a su lado, se alegraba de poder escapar.

Quenton la observó alejarse acompañada de Liat.

—Es una mujer hermosa, viejo amigo —el rey le dio una palmada en el hombro y sus ojos brillaron con malicia—. Será una valiosa aportación a las damas de la corte.

Quenton habló en voz baja.

—Cuando éramos críos, siempre tratabais de superarme. ¿Recordáis?

—Sí.

—Y nunca pudisteis.

—Cierto, pero ahora somos mayores y yo soy el rey.

—Si deseáis reinar durante un año más, no volveréis a hablar de llevarla a Londres.

—Creo que eso os va a costar... —extendió la mano—. Mil libras, amigo.

Demasiado tarde, Quenton se dio cuenta de lo que había admitido.

—Tendréis vuestro dinero —masculló.

Charles se paró en seco.

—¿Lo admitís?

—Sí.

El rey lo abrazó entusiasmado.

—Lo sabía. Lo supe en cuanto os vi esta mañana. A juzgar por las caras de los sirvientes, yo diría que todo Blackthorne lo sabía. Sí. Hacéis una pareja encantadora. Cielos, Quenton, esto hay que celebrarlo.

—Eso no es necesario. Por ahora, me gustaría que me dejaran disfrutar de mi buena fortuna.

—De acuerdo. Tendréis un poco de intimidad —Charles sonrió—. Por ahora.

—¿De verdad? ¿Me excusaréis?

—Aún no, amigo. Pero lo haré muy pronto. Y ahora venid. Recibamos a nuestros invitados. Con una sonrisa conspiratorial, los dos hombres se dirigieron hacia el alboroto del patio.

Diecisiete

Olivia tarareó una canción mientras se ataba los lazos de la camisa delante del espejo. Se había dado un baño y lavado el pelo. Un sencillo vestido blanco de lana de cuello alto era el atuendo perfecto para recibir a invitados aristocráticos.

Los pasillos retumbaban con una procesión de pasos apresurados. Los sirvientes corrían de un lado a otro, con cubos de agua, ropa de cama, jabones perfumados... El murmullo de voces estaba en el aire.

De pronto oyó cómo abrían la puerta de la sala de estar. Unos pasos rápidos... El corazón de Olivia empezó a latir con fuerza y antes de que pudiera darse la vuelta vio el reflejo de Quenton en el espejo.

—Ah, aquí está la imagen que me levantará el ánimo.

Se paró detrás de ella y la rodeó con sus brazos.

—Quenton —Olivia se quedó mirando el reflejo en el espejo y se estremeció al sentir sus besos sobre el hombro—. Pensé que estabais ocupado con los invitados.

—Lo estaba, pero tenía que veros.

—He oído tantos pasos que estaba empezando a pensar que el rey había invitado a toda la armada.

—Podría ser. Todas las habitaciones de Blackthorne están ocupadas. La pobre señora Thornton se está volviendo loca.

Ella se volvió.

—¿Y qué pasa con nuestro querido anfitrión? ¿No os estáis volviendo loco también?

—Creo que sí, de haber seguido abajo —la besó suave y lentamente, y entonces puso los labios sobre su mejilla—. Oh, Livy, lo necesitaba.

Ella le agarró de la cintura.

—Entonces estoy encantada de complaceros, milord.

—Me pregunto qué habría hecho si no os hubiera encontrado. Supongo que tendría que haberos inventado.

—¿Era tan triste vuestra vida, milord?

—Sí. Triste y vacía. Una existencia baldía, sin esperanza de un futuro mejor. Y ahora... —puso las manos sobre sus mejillas—. Y ahora tengo a mi perfecta, preciosa Livy. Venid a la cama conmigo, amor mío.

—¿Ahora? —ella miró hacia la puerta cerrada—. Liat está a punto de levantarse.

—Hay tiempo. Yo os necesito más que él en este momento —empezó a desatarle los lazos de la camisa.

Olivia pensó en todas las razones por las que no debían hacerlo, pero entonces sintió sus manos y labios sobre el pecho y perdió la razón.

—Oh, Quenton. No puedo negaros nada.

—Y yo soy vuestro, amor mío —la levantó en brazos y la llevó a la cama.

—Quenton, tenéis que prepararos para cenar con el rey y sus invitados —Olivia se levantó de la cama y se vistió.

—¿Por qué?

—Porque sois el señor de Blackthorne —se ató la camisa y se puso las enaguas.

—Y por eso puedo hacer lo que me plazca.

Su cuerpo esbelto y musculoso yacía sobre la cama, recostado sobre unas almohadas. Sus ojos, tenebrosos, contemplaban a Olivia mientras se ponía el vestido. Los labios dibujaban una sonrisa de satisfacción. El pelo, negro azabache, le caía sobre la frente, acentuando su aspecto descuidado.

—Sois el anfitrión del rey de Inglaterra, además de su mejor amigo. No podéis ofenderlos.

—Sí. Tenéis razón. Supongo que debo ser sensato.

Echó a un lado las mantas y fue a lavarse en la jofaina.

Mientras Quenton se vestía, Olivia recogió el vestido color marfil y se lo puso. Al ver su reflejo en el espejo él se dio la vuelta.

—¿Qué es esto? ¿Por qué lleváis un vestido tan sencillo?

—Milord, soy una simple institutriz.

—No hay nada simple en vos, mi amor. Tenía otra idea para esta noche —cruzó la habitación y fue hacia el armario.

Allí buscó entre las distintas prendas hasta encontrar el traje que estaba buscando.

—Quiero que os pongáis esto —dijo mostrándole un precioso vestido de satén verde.

Confusa, Olivia le miró durante un instante y después asintió.

—De acuerdo, si eso os satisface.

Él la atrajo hacia sí y le dio un beso apasionado.

—Me satisfacéis, Livy. Me satisfacéis mucho.

La profundidad de sus sentimientos la tomó por sorpresa. Bajo su atenta mirada, Olivia se quitó el vestido blanco y se puso el de color verde. Cuando terminó se miró en el espejo. El traje de gala llevaba un escote peligrosamente bajo, revelando así la curva de unos pechos turgentes y firmes. Tenía los hombros descubiertos y los enormes volantes se estrechaban gradualmente hasta las muñecas. La voluminosa falda lucía varios lazos del mismo tejido. La joven llevaba un recogido sujeto con lazos a juego y los rizos le caían en cascada a un lado del pecho.

La mujer del espejo tenía un aire de elegancia y sofisticación que sorprendió a Olivia.

—Oh, Livy —Quenton se paró detrás de ella—. Sin duda sois la mujer más hermosa que jamás pisó Blackthorne.

Ella esbozó una tímida sonrisa.

—Creo que estáis mirando con el corazón en lugar de los ojos.

—Estos ojos sólo os ven a vos, amor mío. Y estáis más bella cada día —se sacó una cajita del bolsillo—. Os he traído algo.

—¿Un regalo, Quenton? ¿Qué es?

Él abrió la cajita y le puso el presente en las manos.

—Éstas son las esmeraldas Stamford. Pertenecían a mi abuela, y quiero que las llevéis esta noche.

Olivia se quedó sin aliento al ver la delicada filigrana de oro sobre la que lucían radiantes esmeraldas y diamantes.

—Oh, no, Quenton —sacudió la cabeza y quiso devolvérselos—. No puedo llevarlos.

Él cerró su mano sobre la de ella.

—Insisto, querida.

Quenton le puso el collar y dio un paso atrás para contemplarla.

—Tenía razón —murmuró—. No hay mujer en el mundo tan bella como vos.

Ambos levantaron la vista al oír unos tímidos golpecitos en la puerta. Olivia corrió a abrirla y se encontró con Liat. En cuanto el niño la miró se le iluminaron los ojos.

—Parecéis una reina.

—Tened cuidado, chico —bromeó Quenton—. No quiero darle ideas a su majestad —entonces tomó a Liat de la mano—. Vamos. Tenemos que vestirnos para el baile.

¿Qué tal me veo, señor? —Liat entró en la sala de estar y se detuvo frente a Quenton.

—Estáis espléndido —dijo Quenton sonriendo—. ¿Y qué es esto? —preguntó al ver el pergamino que tenía en las manos.

—Es un regalo para el rey. La señorita St. John me dijo que puedo dárselo antes de la cena.

Como el chico no hizo ademán de enseñarlo, Quenton no insistió.

—¿Nos vamos?

Liat asintió.

Quenton les abrió paso y sujetó la puerta para Olivia y el chico. Cuando entraron en el pasillo, sintieron el alboroto que llegaba del piso inferior. En lo alto de la escalera, Quenton le ofreció el brazo y Olivia reposó la mano, al tiempo que agarraba a Liat con la otra. Cuando llegaron al salón principal, el murmullo de voces se hizo ensordecedor. Parecía que todos hablaban al mismo tiempo.

Pembroke, que aguardaba junto a la puerta, los vio acercarse y entró para anunciar su llegada.

—Majestad, invitados de honor... —su introducción tuvo el efecto deseado, acallando el murmullo y captando su atención—. Lord Quenton Stamford, la señorita Olivia St. John y el joven señor Liat.

Se hizo el silencio entre la multitud. Todos observaban a los recién llegados. El rey estaba de pie en el estrado, acompañado de una joven espectacular. Bennett estaba a su lado, en su silla de ruedas, y Minerva aguardaba detrás. Con la vista al frente Quenton les abrió paso entre la gente hasta llegar a donde estaba Charles. Los comentarios de los invitados llegaban hasta ellos en forma de susurros indiscretos.

—¿Quién es esa preciosa joven? No recuerdo haberla conocido en Londres.

—No lo sé. Pero voy a averiguarlo antes de que termine la velada.

—Mirad. ¿Son ésas las famosas esmeraldas Stamford?

—Sí. Creo que nadie las ha llevado desde que falleció la abuela de lord Stamford.

—¿Me estáis diciendo que su esposa nunca las llevó?

—Creo que ni siquiera se le permitía verlas. El

difunto lord Stamford no dejó que nadie las llevara excepto su esposa.

—Pero ahora está muerto y sus deseos también. Larga vida al nuevo señor de Blackthorne.

—¿Quién es el chico?

—Nadie lo sabe. Algunos dicen que es el bastardo de Stamford.

—¿Y dónde está la madre?

—Era una jamaicana. Se rumorea que tuvo el mismo destino que Antonia.

Olivia tenía el rostro ardiendo. Por suerte la voluminosa falda escondía el temblor de sus piernas. Liat le agarraba la mano con tanta fuerza que tenía los dedos insensibles. Por fin llegaron al estrado y Charles dio un paso adelante.

—Ah, lord Stamford. Señorita St. John. Liat —el estrépito de su voz llegaba a todos los rincones de la sala—. Somos muy afortunados de ser bienvenidos en vuestra casa, amigo mío.

—Es un honor y un privilegio recibiros en Blackthorne, majestad. Voy a hacer todo lo que esté en mi mano para hacer que vuestra estancia sea agradable.

—Gracias, lord Stamford. Significa mucho para mí. Y también vuestra amistad —añadió algo más en voz baja—. Por lo menos vuestro hermano tuvo la sensatez de llegar temprano. Llegáis tarde. Qué descortés, Q. Habéis ignorado el protocolo. Tendría que hacer que os dieran unos azotes.

—Lo siento, amigo —tenía un asunto urgente que atender —susurró Quenton.

El rey levantó las cejas.

—Apuesto a que el único asunto urgente era el lecho de una dama. Y lo entiendo. Es la joven más hermosa que está en este salón.

Quenton le lanzó una mirada herida.

—¿Y ahora quién está siendo descortés, Repeluz?

Charles sonrió.

—Mi vista está perfectamente, amigo, y a juzgar por los murmullos mientras veníais hacia aquí, creo que todos se dieron cuenta.

Se volvió hacia Olivia.

—Señorita St. John, deslumbráis a vuestro rey con vuestra belleza. Este baile no sería lo mismo sin vos.

—Gracias, majestad —hizo una temblorosa reverencia y dio gracias por no haber hecho el ridículo en público.

—Joven Liat. Lo hemos pasado bien. ¿No es así?

—Sí, majestad —el chico se inclinó y le entregó el pergamino.

—¿Qué es esto?

—Un regalo, majestad. La señorita St. John dijo que os lo podía dar.

—Un regalo. Vamos a ver —Charles desenrolló el pergamino y asintió complacido—. ¿Lo dibujasteis vos?

—Sí, majestad. Es una Heodes Alciphron.

—Ya veo. Y es un dibujo excelente. Señorita St. John, ¿habéis enseñado a dibujar al chico?

—No, majestad. Lo que veis es el fruto de su propio talento.

Como no era propio de un rey inclinarse ante otros, la multitud se quedó boquiabierta al ver arrodillarse a Charles para hablar con el niño.

—¿Sabíais que aparte de mi afición a las mariposas, estoy muy interesado en la pintura y el dibujo?

—No, majestad —el niño lo miró con ojos de sorpresa.

—Me gusta mucho, pero no tengo mucho talento para ello. Tenéis un don, Liat. Espero que podáis estudiar con los maestros para pulir vuestra técnica. Y algún día, podríais ser uno de ellos.

El rostro de Liat se llenó de ilusión.

—Os doy las gracias, Liat. Lo guardaré como un tesoro.

Charles se puso en pie y alzó el dibujo para que todos pudieran verlo. Los invitados rompieron a aplaudir y Liat se sonrojó avergonzado.

—Vamos, Liat, creo que tienen que ver esto como lo he visto yo, para que puedan apreciar vuestro talento.

Charles le entregó el pergamino a su ayudante de cámara, tomó al niño de la mano y lo condujo a través de la multitud. El ayudante de cámara caminaba delante, mostrando el dibujo a su paso.

El rey estaba disfrutando del papel de monarca benévolo. Todavía sostenía la mano de Liat cuando regresó junto a Olivia y Quenton.

—Aún no habéis conocido al otro miembro de mi comitiva —hizo avanzar a una hermosa joven—. Os presento a Louise de Keroualle.

Quenton la besó en la mano y ella sonrió con timidez antes de mirar a Olivia.

—¿El chico es vuestro? —preguntó la joven.

Tenía un marcado acento francés.

Olivia sacudió la cabeza.

—Ojalá lo fuera... Soy su institutriz.

—¿Sois su maestra?

—Sí. Y también me ocupo de su crianza.

—Qué dedicación tan noble. Sois muy afortunada —dijo en un inglés accidentado.

—Venid, querida —Charles tomó a Louise de la mano y la condujo al frente del estrado, colocándola a su izquierda.

Entonces se volvió hacia Olivia.

—Estaréis a mi derecha, con Liat delante y Quenton a vuestro lado. Pembroke...

El mayordomo acudió de inmediato.

—Podéis empezar con las presentaciones.

El sirviente se inclinó.

—Sí, majestad.

Con un gesto del monarca, la multitud se acercó formando una línea de parejas. Las personalidades más importantes se situaron delante.

Olivia no daba crédito a lo que ocurría ante sus ojos. La hija de un simple profesor estaba al lado del rey de Inglaterra, dando la bienvenida a la élite de ese país. Apenas oía los nombres de los caballeros apuestos y elegantes damas que desfilaban ante el rey. Las presentaciones se sucedieron una tras otra y Olivia se comportó como era de esperar, sonriendo, asintiendo y haciendo los comentarios apropiados.

Mientras conversaba con un anciano duque, se percató de la tensión creciente en el rostro de Quenton. Él permanecía en silencio, pero había cerrado los puños y su expresión era rígida y dura.

—Lord Robert, lady Agatha Lindsey e hijos —dijo Pembroke de pronto.

Olivia levantó la vista y el color huyó de su rostro. Los oídos le pitaban sin cesar.

Allí estaban sus tíos y sus crueles primos, Catherine y Wyatt.

Dieciocho

—Lord Stamford, sobrina —Robert Lindsey se inclinó ante ellos.

Consciente de que el rey los estaba observando se cuidó de no hacer nada que pudiera resultar grosero. Agatha estaba demasiado furiosa como para articular palabra. Ver a Olivia en un lugar de honor junto al rey la hizo consumirse de envidia. Había considerado un gran honor ser invitada al evento, y había ido a Blackthorne creyendo que ella y su familia recibirían un trato especial. Jamás se le habría ocurrido que la hija de su hermana fuera invitada a acompañar al rey, vestida como una reina con joyas valiosas.

Catherine, que estaba a su lado, no le quitaba ojo

de encima. Su mirada malhumorada lo decía todo. ¿Cómo era que aquella pueblerina grotesca se hubiera convertido en una belleza rutilante? No era justo.

Wyatt fue el único que mantuvo la compostura. Como esperó largo tiempo hasta ser presentado, tuvo tiempo de pensar qué iba a hacer y decir. Era todo un placer saber que Olivia se sentía más incómoda que él. Sabía, por la palidez de su rostro y su mirada perpleja, que estaba más nerviosa que todos ellos.

Wyatt le lanzó una mirada penetrante que la hizo sentir escalofríos. Disfrutando de su desconcierto, sonrió sin piedad y tomó su mano.

—Me alegro de veros tan bien, prima. Parece que el aire del campo os sienta de maravilla.

Al darle un beso en el dorso de la mano, sintió cómo se encogía. Estaba claro que aún le temía...

—Oh, ésta va a ser una visita de lo más agradable. Estoy deseando compartir largas conversaciones con vos, prima.

Cuando Wyatt pasó junto a Quenton, éste último se inclinó hacia Olivia.

—¿Prima? ¿Sois parientes?

—Sí —a Olivia le resultó muy difícil articular palabra. El filo del miedo le había cortado el corazón.

La joven se frotó la mano sobre la falda, con la esperanza de borrar todo vestigio de aquel beso.

—Su madre y la mía eran hermanas. ¿Conocéis a los Lindsey?

—No. Sólo conozco a su hijo —su voz estaba desprovista de toda emoción, como si estuviera librando una batalla interior—. Wyatt.

Antes de que Olivia pudiera preguntar cómo conocía a su primo, se acercaron más parejas. A pesar de la inquietud, tuvo que proseguir con las presentaciones y los saludos.

Finalmente, el rey se dirigió hacia un conjunto de sillas desde donde todos los invitados podían verle. Un sirviente llevó una bandeja llena de botellas de vino y cerveza. El resto de sirvientes empezó a circular por entre la multitud, llenando copas y jarras. Un mimo y un juglar animaron la velada y la multitud aplaudió con entusiasmo imitando a su rey. Lo músicos del pueblo comenzaron a tocar y el rey dedicó el primer baile a Louise de Keroualle.

Quenton miró a Olivia, que aún parecía algo turbada.

—Vamos, amor mío. Debemos bailar.

—¿Toda la noche?

Al verla tan desconcertada, Quenton le sonrió.

—No. Sólo el primer baile. Os prometo que tan pronto como el rey nos dé su permiso, escaparemos a nuestros aposentos.

«Escapar»... Eso era lo único en que Olivia podía pensar. Tenía que escapar de la maldad de Wyatt. Quenton la condujo a la pista de baile y Olivia se dio cuenta de que necesitaba el refugio de sus brazos. Estaría a salvo si se mantenía a su lado.

—Siento lo de Bennett —murmuró la joven—. Le vi abandonar el salón poco después de saludar a los invitados.

—Sí. Parece ser que las presentaciones fueron demasiado largas para su frágil salud. Por lo menos Minerva está a su lado. Y ahora, habladme de vuestros tíos.

—No hay mucho que decir. Los conocí el día que enterré a mis padres. Llegaron de Londres y me dijeron que se llevarían a casa a su sobrina empobrecida.

—Creo haberos oído decir que vuestra estancia allí fue muy desagradable.

Ella asintió y él le levantó la barbilla con el dedo.

—Decidme por qué, mi amor.

Ella sacudió la cabeza.

—No puedo hablar de ello. Basta con que os diga que... no me acogieron bien en su hogar.

Saber que ella no era capaz de hablar de ello hizo preocuparse a Quenton. Él estaba al tanto de la reputación de Wyatt con las mujeres. Muchos padres lloraban la ruina de sus hijas a manos de aquel villano.

—Estáis muy serios —dijo Charles de pronto.

—Milady —el rey tomó de la mano a Olivia—. Bailad conmigo —le guiñó un ojo a Quenton—. Yo haré sonreír a vuestra dama, amigo mío. Y tenéis mi permiso para bailar con lady Louise. Me atrevería a decir que también os sacará una sonrisa.

Se alejó dando vueltas con Olivia en los brazos y en poco tiempo consiguió hacerla reír con sus comentarios sarcásticos sobre los huéspedes.

—¿Veis a lady Edwards?

Olivia miró a una dama algo rellena que llevaba gran cantidad de joyas.

—Sí.

—Prefiere comer antes que bailar.

—¿Y cómo sabéis eso, majestad?

—La conozco bien. Dentro de poco le empezará a doler la rodilla o la cadera. Y entonces, tan pronto como su esposo se siente con los demás caballeros frente a una jarra de cerveza, mandará a un sirviente a buscar... —continuó en falsete para imitar la voz de la señora—. Un poquito de cordero, o tal vez un poco de bizcocho. Oh, sí, y ya que vais, podríais traerme una rebanada o dos de esa tarta de whisky —dijo y se echó a reír—. Y lo baja todo con varias copas de vino.

—Oh, majestad, ¿qué diría la dama si pudiera oíros?

—Trataría de negarlo, pero le sería difícil mientras mastica toda esa comida.

Saludó con un gesto al ver al duque y a la duquesa de Renfrew.

—Es una suerte que la dama haya nacido entre paños de oro.

—¿Por qué? —preguntó Olivia con inocencia.

—Porque es la única forma en que una mujer

con ese rostro podría cazar un marido. De lo contrario, habría muerto solterona.

—Majestad —Olivia se quedó boquiabierta.

Él se encogió de hombros.

—Todo el mundo sabe que la fortuna del duque estaba en peligro. Era necesario que se casara bien. Y lo hizo. Muy bien, por cierto —la hizo girar varias veces y sonrió a lord y lady Weldon—. Bueno —le susurró al oído—. Eso sí que es una cosa muy rara.

—¿Y por qué, majestad?

—Una verdadera unión por amor. Los dos eran muy agraciados y tenían muchos pretendientes. Los dos aportaron riquezas y amor al matrimonio. Y se rumorea que aún se aman.

—Se les nota —dijo ella—. En los ojos. En la sonrisa.

—Yo veo la misma en vos, milady —la miró fijamente—. Me alegro de que mi viejo amigo haya encontrado a alguien que le devuelva la sonrisa. Ya había empezado a echarla de menos —bajó la voz, conmovido—. La vida de Quenton no ha sido fácil. Tal vez sea ésa una de las razones por las que lo quiero tanto. Compartimos una historia de tragedias y ahora nos alegramos del éxito del otro.

Olivia se sorprendió ante la bondad del rey.

—Y ahora, milady, si me disculpáis, debo bailar con lady Edwards para atormentarla un poco. La mantendré alejada de la comida durante unos minutos más.

Se detuvo junto a la pareja y sacó a bailar a lady Edwards, dejando que Olivia bailara con su esposo.

—Mi esposa se ha estado quejando de un pie —dijo el señor mientras bailaban—. Supongo que tendrá que aguantar un poco más, ahora que está bailando con su majestad.

—Sí, milord —Olivia tuvo que esforzarse por no echarse a reír.

Charles le guiñó un ojo por encima del hombro de la dama y la joven tuvo que fingir tos para sofocar un ataque de risa.

—Me atrevería a decir que un pie dolorido es un pequeño precio que pagar a cambio de bailar con el rey.

—Estoy de acuerdo.

Lord Edwards se movía con bastante destreza a pesar de su peso y Olivia disfrutó del baile. De pronto lord Edwards se dio la vuelta al sentir una mano en el hombro.

—Creo que es mi turno de bailar con la señorita —dijo una voz masculina.

Lord Edwards se apartó y Olivia levantó la vista hacia su nueva pareja.

—Bueno, primita, sois muy lista —Wyatt la agarró de la cintura y la atrajo hacia sí—. ¿Quién hubiera dicho que causaríais tal impacto en el señor de la casa?

—No sé de qué estáis hablando.

—¿Ah, no? —tocó la joya que Olivia llevaba alrededor del cuello.

La joven se encogió.

—Ah, ya veo. Todavía os negáis a dejar que os toque —cerró los dedos alrededor de su garganta y bajó la voz—. Apuesto a que no os resististeis cuando os puso las manos encima.

Ella lo miró estupefacta, pero él se limitó a presionar la hendidura de su garganta, cortándole la respiración.

El villano no dejaba de sonreír.

—No me cabe duda de que os ha puesto las manos encima, dulce Olivia. De lo contrario no seríais el objeto de tanta generosidad.

Wyatt se percató de la mirada de Quenton y se la llevó al otro lado del salón para que no pudiera verlos.

—Claro. No sois la primera mujer que se rinde ante el brillo del oro.

—¿Cómo os atrevéis?

Ella trató de zafarse, pero él la agarró con fuerza y le susurró algo al oído.

—Aún no he terminado con vos, prima —la agarró de la barbilla y la obligó a mirar a una pareja sonriente—. Mirad a la preciosa y joven lady Louise, de la mano de nuestro rey. ¿No es encantadora?

Ante el mutismo de Olivia, Wyatt soltó una carcajada perversa.

—¿Acaso sabíais que era un regalo del rey de Francia?

—¿Un... regalo? —Olivia lo miró estupefacta.

—Sí. Para reemplazar los... servicios de Bárbara, lady Castlemaine.

—No os entiendo.

—Yo creo que sí, primita. Sé que suena sórdido para alguien tan dulce y pura como vos, pero Charles siente debilidad por las amantes jóvenes y frescas. Como el rey de Francia lo sabe, se aprovecha de la situación en su propio beneficio.

—No os creo.

Él se encogió de hombros.

—Podéis preguntar a cualquiera. Preguntad a lord Stamford. Si es honrado, os dirá lo mismo.

—¿Y la joven no tiene nada que decir al respecto?

—¿Y por qué habría de importarle? —dijo Wyatt con sarcasmo—. No os molestéis en ofrecerle vuestra simpatía. Como todas las que la han precedido, recibirá una valiosa recompensa por su... dedicación y favores —bajó la voz—. Los amigos de lord Stamford dirán lo mismo de vos cuando se canse de vuestros encantos.

—Ya he tenido bastante, Wyatt. Soltadme.

—Enseguida, prima. Demos otra vuelta por la pista para que todo el mundo pueda contemplar las esmeraldas Stamford sobre vuestro cuello. Después de todo, han sido la causa de muchos rumores.

Al mirar a su alrededor, sintió una punzada de pudor. Los invitados no le quitaban los ojos de encima. De pronto, el regalo que tanto la había conmovido pesaba como una guillotina sobre su garganta, y aunque no quería creerlo, las palabras de Wyatt le habían envenenado el corazón. ¿Acaso la estaban recompensando por sus favores? ¿Se estaba engañando a sí misma?

Después de todo, había ido a Blackthorne con un solo propósito: cuidar de un niño de dudoso origen.

No podía culpar a Quenton. Él mismo le había advertido que sólo era un hombre. No le había hecho promesas ni le había ofrecido un futuro. ¿En qué estaba pensando al entregarse a él? No era mucho mejor que la francesa que bailaba con el rey en ese instante.

La música se detuvo y Wyatt le hizo una afectada reverencia.

—Gracias por concederme este baile, prima —miró a Quenton, que se acercaba con cara de pocos amigos—. Creo que vuestro amante viene a reclamar lo que es suyo —dio un paso atrás y, con una sonrisa de satisfacción, se perdió entre la multitud.

Quenton vio el pálido rostro de Olivia y la agarró del brazo.

—¿Qué pasa, Livy? ¿Qué os ha hecho?

—Nada. Sólo necesito sentarme un momento.

Preocupado, él la condujo hasta una silla junto a Liat e hizo señas a un sirviente. Un momento después le dio una copa de vino.

—Quizá os haga bien.

Ella le dio un sorbo, sabiendo que nada la reconfortaría. Su corazón estaba enfermo, y aunque quisiera culpar a Wyatt, sabía que la culpa era sólo suya. Él sólo le había señalado algo que era obvio. La había obligado a ver aquello en lo que se había convertido. Una pobre plebeya, perdidamente enamorada de un hombre tan inalcanzable que iba a terminar con el corazón roto. Un hombre como lord Quenton Stamford nunca se casaría con una de su clase...

El rey estaba de buen humor y la fiesta continuó hasta altas horas de la madrugada. Cuando finalmente dio las buenas noches y se retiró, acompañado de Louise de Keroualle, la multitud empezó a dispersarse.

Olivia miró a Liat, que tenía los ojos medio cerrados.

—Pobrecito. No creo que le queden fuerzas para subir las escaleras.

—Yo lo llevaré —Quenton lo levantó en brazos y subió las escaleras seguido de Olivia.

Dejó al niño en la cama.

—Fue una gran noche. ¿No, señorita? —dijo Liat desde el sueño mientras Olivia le quitaba la ropa.

—Sí. Al rey le gustó mucho vuestro regalo.

—Dijo que podría llegar a ser un gran pintor.

—¿Eso os gustaría?

Liat asintió.

—Sólo pintaría mariposas —cerró los ojos—. Preciosas mariposas de colores.

Olivia le dio un beso en la frente y salió de la habitación junto con Quenton. Ambos se detuvieron ante el dormitorio de ella. Quenton le acarició la mejilla.

—Charles me ha pedido que nos veamos.

—¿Ahora? Quenton, está a punto de amanecer y no habéis dormido.

Él sonrió.

—Charles me dijo que hay unos asuntos importantes que desea discutir conmigo.

—¿Cómo amigo, o como Q?

Él se encogió de hombros.

—No se puede separar a uno de otro. De cualquier manera él sabe que haría todo lo que me pidiera.

La decepción en los ojos de Olivia se reflejaba en el corazón de Quenton. Él la deseaba tanto... Pero también tenía que cumplir con su deber.

—Volveré tan pronto como haya resuelto el asunto de Charles —le dio un beso y sintió una ola de calor.

Entonces volvió a besarla con frenesí y se entretuvo sobre sus labios como si acabara de probar el más dulce de los néctares.

—Dormid hasta que vuelva, amor mío. Porque cuando lo haga, ya no podréis descansar.

Ella le vio alejarse y cuando sus pasos se perdieron en el pasillo volvió a entrar en la habitación y se acostó en la cama. No se sentiría segura hasta que él estuviera a su lado.

Olivia tembló de frío y se acurrucó bajo las mantas. En poco tiempo volverían a atormentarla las pesadillas y sería inútil luchar. Trató de mantenerse despierta para ahuyentar a los demonios, pero fue inútil. El sueño se apoderó de ella, desatando los poderes de la oscuridad.

Diecinueve

El ayudante de cámara abrió la puerta y condujo a Quenton hasta el suntuoso recibidor donde crepitaba el fuego del hogar.

—Le diré que habéis llegado.

El sirviente entró en el dormitorio y reapareció minutos después.

—Traednos cerveza.

Charles se sentó junto al hogar e invitó a tomar asiento a Quenton.

El ayudante de cámara les sirvió dos copas de cerveza y las puso en una bandeja junto con la jarra.

—¿Deseáis algo más, majestad?

—No. Dejadnos.

El rey esperó a que estuvieran solos y entonces bebió de su copa. Quenton hizo lo mismo.

—Parece que mis generosos benefactores se han sentido halagados con mi invitación a Blackthorne, amigo mío. En un intento por impresionar a su rey, me han hecho una oferta aún más generosa.

—¿Qué tan generosa?

—Me harán un obsequio de doscientas mil libras, cifra que coincide con el déficit de las arcas reales.

—Doscientas mil —Quenton le miró con ojos agudos—. ¿De dónde han sacado tanto dinero?

—No pregunté, pero bastaría para garantizarme un reinado tranquilo. El parlamento no se atrevería a cuestionar mi autoridad con tal poderío económico.

—No van a entregaros una fortuna sin pedir nada a cambio.

—Sí —Charles levantó una mano—. No os pongáis tan serio, amigo mío. ¿Qué son unos cuantos títulos nobiliarios y propiedades si la recompensa es tan valiosa? Y si debo confiarles algunos secretos de estado, ¿qué hay de malo en ello? Hay muchos en la corte que están al tanto de tales secretos, y ninguno me puede ofrecer lo que me dan estas personas.

—¿Entonces habéis decidido aceptar la oferta?

—Aún no. Ahí es donde entráis vos. Necesito a mi viejo amigo Q.

Quenton asintió.

—Dadme sus nombres y veré qué puedo averiguar de estos ciudadanos modelo.

—Esto ha de quedar entre vos y yo.

—Entendido.

El rey vació la copa.

—Mis benefactores son lord y lady Lindsey. Y su hijo, Wyatt.

Impaciente, Agatha Lindsey iba de un lado a otro en el recibidor de los aposentos de su hijo. Cuando él salió del dormitorio ella levantó la vista.

—¿Qué te ha entretenido? Me mandaste a llamar hace más de una hora.

—Estaba ocupado con... una deliciosa sirvienta.

Lady Agatha resopló; estaba visiblemente disgustada.

—Estás fuera de control. Trata de controlarte hasta que estés en casa. ¿Y qué es tan importante que me has despertado a horas intempestivas?

—Mis fuentes me han informado de que lord Stamford ha mandado un jinete a Londres.

—¿Y qué tiene que ver eso con nosotros?

—Sus abogados están en Londres. Y los nuestros también.

Ella arqueó una ceja.

—¿Crees que sospecha algo?

—Creo... —se detuvo ante el fuego—. Que debemos actuar más deprisa.

—Sí —dijo Agatha en un tono furioso—. Será mejor. Me ofende ver a la hija de mi hermana alardeando en su nuevo puesto como concubina del mejor amigo del rey.

—Entonces descuida. Tengo planes para mi primita y lord Stamford. Cuando haya acabado con ellos, desearán estar bajo tierra.

Olivia volvió a tener una pesadilla. Unas manos fuertes la tenían acorralada y ella luchaba por soltarse. Unos ojos, fríos y pétreos, la miraban fijamente y unas risotadas infernales retumbaban en sus oídos. Desesperada por escapar de aquel horror, emergió a la superficie y se incorporó de un salto.

—Livy, Livy —Quenton la tomó en sus brazos y le acarició el cabello—. Despertad, mi amor. Teníais una pesadilla.

—Sí —estaba sin aliento.

Se aferró a él hasta tranquilizarse y después se pasó una mano por el pelo.

—Ya estoy bien.

—Ojalá pudierais quitaros ese peso de encima.

—Vos me lo quitáis, Quenton. Vos ahuyentáis a mis fantasmas.

—No sois la única que ha de luchar contra sus demonios. Acabo de ver a Bennett. Minerva está muy preocupada por él. Hace un rato pensamos que no superaría el último ataque.

—Oh, pobre Bennett. Estaba tan bien. ¿Qué creéis que lo ha provocado?

—Quizá el ajetreo de estos días. El desfile de extraños en Blackthorne. Minerva me dijo que mientras saludaba a los invitados del rey, se puso tan nervioso que parecía que le iba a estallar el corazón. Le dije que lo vigilara bien y que me llamara si había algún cambio.

Olivia miró a su alrededor. Las velas estaban encendidas y Quenton estaba vestido.

—¿No vais a acostaros?

—Tengo que bajar.

—¿Ahora?

—Lo siento, mi amor. Creo que los libros de cuentas de mi abuelo contienen la respuesta a muchas preguntas. Cuanto antes las encuentre, antes podré ayudar a Charles —al ver la expresión de Olivia, trató de consolarla—. Si tengo un poco de suerte, podría terminar rápido y aún tendríamos un poco de tiempo para nosotros.

Le dio un beso breve y seco, y se alejó por donde había llegado.

Se detuvo en el umbral, miró atrás y regresó junto a ella para robarle un último beso.

—Esto bastará hasta que vuelva.

Al cerrarse la puerta, Olivia se levantó de la cama y empezó a deambular por la habitación. Añoraba el calor de las sábanas, pero no tenía ganas de volver a acostarse. Prefería andar por la habitación hasta el amanecer antes que volver a soñar. No podría sentirse realmente segura hasta el regreso de Quenton, o hasta que los invitados partieran a la mañana siguiente.

—Buenos días, señorita —Minerva se detuvo junto a la puerta.

Olivia le estaba cepillando el pelo a Liat.

—El señor Bennett desea que desayunéis con él en su habitación antes de bajar.

—¿No va a bajar con nosotros?

—No se siente bien.

—Vamos enseguida.

Olivia tomó la mano de Liat y salió al pasillo, rumbo a la habitación de Bennett. Al acercarse a la puerta, se encontraron con Quenton, que iba acompañado de Thor. La sombra de una barba incipiente le cubría las mejillas y sus ojos estaban rojos. Tenía el pelo revuelto, la camisa remangada y varios botones desabrochados.

Olivia le tocó la barba.

—¿No habéis dormido?

—No —tomó la mano de ella y se la llevó a los labios.

—¿Y vos? ¿Conseguisteis dormir cuando me marché?

Ella sacudió la cabeza.

—No podía volver a enfrentarme a esos demonios. Bennett nos ha llamado. Me han dicho que no se siente bien.

Entraron en la habitación. Bennett estaba sentado junto a la ventana, contemplando los acantilados.

Edlyn estaba sirviéndole el desayuno.

Olivia se estremeció al ver aquella mirada perdida. Era la misma que tenía a su llegada a Blackthorne. Se había vuelto a encerrar en el laberinto de su mente.

—Sois muy amable al invitarnos a desayunar, Bennett —le puso una mano en el hombro y él la cubrió con la suya propia, aferrándose a ella.

—¿Qué ocurre, Bennett? ¿Qué os ha hecho enfermar?

Minerva le puso una manta sobre las rodillas.

—Quizá el señor Bennett haya participado en demasiadas actividades.

—Sí —Quenton le dio una palmada en la espalda—. Deberíais descansar y tomar el sol en el jardín.

En el otro extremo de la habitación Edlyn sirvió el té, acompañado de fruta en conserva.

—Gracias, Edlyn. Yo me ocupo de la comida del señor Bennett —dijo Minerva.

Edlyn arrugó el entrecejo.

—La señora Thornton me dijo que me quedara y sirviera la mesa.

—Nosotros podemos ocuparnos —Olivia cruzó la habitación y le abrió la puerta.

La malhumorada sirvienta no tenía elección.

—La señora Thornton necesitará de vuestra ayuda abajo.

La criada se encogió de hombros, recogió la bandeja y salió.

—Gracias, señorita —dijo Minerva con un suspiro de gratitud—. Dudo mucho que se hubiera ido si no hubierais intervenido —bajó la voz—. Esa mujer está al tanto de todo aquí en Blackthorne.

Olivia asintió.

—Sí. Y está dispuesta a compartir esa información con todo el que quiera escucharla.

Mientras desayunaban, Quenton miraba a su hermano con preocupación. A pesar de la insistencia de Minerva, Bennett apenas probó bocado. Dentro de poco estaría demasiado débil para levantarse de la cama.

Quenton tocó la mano de su hermano. Estaba tan fría como la muerte.

—Tienes que comer algo, Bennett. Si no es por ti, hazlo por Minerva —tanto Minerva como Bennett lo miraron desconcertados.

Quenton bajó la voz.

—Si Pembroke y la señora Thornton piensan que Minerva no está haciendo bien su trabajo, podrían asignarle otras tareas e incluso podrían mandar a Edlyn a cuidarte.

Satisfecho con la estrategia, se dio la vuelta.

—Vamos, Olivia, Liat. Debéis ir junto al rey. Y yo tengo que ponerme presentable.

De camino hacia la puerta, vio que Bennett estaba bebiendo un poco de té.

—Ah, aquí está mi preciosa primita —Wyatt estaba eufórico cuando Olivia y Liat entraron en el comedor. Él y su familia estaban sentados en la mesa del rey. Agatha y su hija sonreían, conscientes de ser el centro de atención.

—Venid, querida —dijo el rey—. Estábamos hablando de vos. No sabía que estabais emparentada con estas personas encantadoras.

Olivia apretó la mano de Liat y subió al estrado. Tendría que sentarse al lado de Wyatt.

Pembroke le apartó la silla y ella le ofreció una tímida sonrisa.

—¿Té, señorita St. John? —le preguntó la señora Thornton.

—No. Acabo de desayunar con Bennett.

—Me han dicho que estaba enfermo —el rey se sirvió un poco de pollo—. ¿Cómo se encuentra, milady?

—Está muy débil, pero quizá recupere las fuerzas después de un día de descanso.

—Sólo está triste porque me voy —Charles miró a su alrededor—. ¿Dónde está su hermano?

—Lord Stamford bajará enseguida, majestad. Me dijo que estará aquí para despedir a los invitados.

Wyatt bebió un poco de vino y le ofreció una sonrisa artificial.

—Como lord Stamford no está, podremos conversar un poco con nuestra querida Olivia —puso su mano sobre la de la joven—. Contadnos cómo os ha ido desde que dejasteis Londres.

—No hay mucho que contar —consciente de que el rey los observaba, Olivia siguió con aquella farsa, pero retiró la mano de inmediato—. Me gusta mi trabajo aquí.

—Estoy seguro de ello. No espero menos de la hija de mi hermana —la sonrisa de Agatha nunca le llegó a los ojos.

Le lanzó una mirada calculadora y astuta y se volvió hacia Charles.

—A nuestros hijos les hemos inculcado un sentido del deber para con el rey y la patria. El amor y la lealtad que Olivia siente por lord Stamford es el que todos sentimos por vos, majestad.

Charles se conmovió.

—Vuestro rey agradece tanto afecto, que no quedará sin recompensa —miró alrededor—. Siento que nuestro tiempo haya sido tan limitado, pero como coincidiremos en Londres, seréis invitados a la corte con frecuencia.

Agatha sonrió y miró a todos los invitados aristocráticos que los observaban desde las mesas. Llevaba toda una vida esperando ese momento de dulce victoria.

—Y una vez me instale de nuevo en Londres, daré una cena en vuestro honor, majestad.

—Muchas gracias, milady. Estoy en deuda con vos —Charles tomó la mano de Agatha y se la llevó a los labios—. Vamos —el rey se puso en pie y los otros hicieron lo mismo—. Debemos prepararnos para partir.

Al levantarse, Olivia sintió las manos de Wyatt alrededor de la cintura, agarrándola con fuerza.

—Espero que podáis dejar atrás el pasado y empezar de cero, prima —le susurró.

La joven se encogió, estremeciéndose de pies a cabeza. Él notó su reacción.

—No es fácil olvidar la crueldad, Wyatt.

Él la sujetó durante un momento y disfrutó viendo cómo temblaba bajo sus manos.

—Lo que vos tomáis por crueldad, puede entenderse como osadía. Debéis perdonarme por mi osadía en el pasado, prima. Tened piedad por un hombre que... sucumbió ante vuestra belleza.

Ella logró apartarse y le miró de frente.

—¿Belleza? Si no recuerdo mal, Wyatt, me llamasteis rata.

Él esbozó una sonrisa aniñada.

—Sólo era un término cariñoso. Un hombre tendría que estar ciego para no ver vuestros encantos.

Olivia deseaba darle una bofetada, pero reprimió el deseo, consciente de la presencia del rey. Cerró el puño y respiró hondo.

—Yo no perdono, Wyatt. Ni olvido —susurró.

En lugar de montar en cólera, él tomó a Liat de la mano.

—Vuestra institutriz es muy hermosa, chico. Sobre todo cuando se sonroja.

—Sí, señor —Liat la miró con unos ojos que la adoraban—. Es más hermosa que una mariposa.

—¿Eso os lo ha dicho lord Quenton?

—No, señor. Lord Stamford dijo que es un tesoro excepcional.

Olivia se ruborizó al ver que Wyatt y los otros intercambiaban sonrisas cómplices.

Quenton los esperaba en el patio.

—Ah, aquí estáis, viejo amigo.

Quenton se dio la vuelta y sonrió.

—Siento no haber podido desayunar con vos, pero por lo menos he llegado a tiempo para las despedidas.

Los carruajes y carromatos estaban repletos de equipaje y las doncellas ya estaban subiendo a los vehículos. Una vez más, los invitados desfilaron ante el rey. Las señoras hicieron una reverencia y los hombres se inclinaron ante el monarca antes de subir a los elegantes coches que los llevarían de vuelta a Londres.

Los Lindsey fueron los últimos en despedirse. Todavía eufóricas tras el desayuno con el rey, Agatha y Catherine subieron al carruaje, seguidos de Robert. Por un momento un profundo temor se apoderó de Olivia, pero al ver que Wyatt se subía a un elegante corcel, respiró aliviada. El cochero cerró la puerta, levantó la fusta... El carruaje emprendió el camino, seguido de Wyatt, que iba a caballo.

Por fin estaba a salvo.

—¿Estáis llorando, señorita? —Liat la tomó de la mano y la miró a los ojos.

—Son lágrimas de alegría, Liat.

—Oh, entiendo. Estáis llorando porque habéis conocido al rey.

—Sí —se secó las lágrimas y esperó ser perdonada por aquella mentira piadosa.

Juntos contemplaron la partida del rey. Los carruajes, repletos de equipaje y provisiones ya desfilaban por el camino, flanqueados por los soldados del rey. Una vez más, el personal de Blackthorne formó una fila frente a la casa. Pembroke y la señora Thornton estaban a la cabeza. Charles fue tan amable como en la llegada. Le dio las gracias personalmente a la cocinera, al personal, a los chicos del establo y a los jardineros. Muchos de ellos derramaron lágrimas cuando el monarca se dirigió a ellos.

Al detenerse ante Liat, se agachó y se sacó algo del bolsillo. Llevaba el dibujo del chico cuidadosamente enrollado.

—Voy a añadir esto a mi colección real. Y cuando visitéis el palacio, os llevaré a ver mis mariposas personalmente.

—Gracias, majestad —sin pensar lo que hacía Liat le dio un abrazo al rey.

Todos se quedaron anonadados ante tal gesto de afecto.

Entonces el rey se incorporó con Liat en brazos y se volvió hacia Olivia.

—Señorita St. John. Habéis hecho un trabajo excepcional con este chico. Vuestro rey os da las gracias por haber ayudado a criar a un súbdito tan leal y afectuoso.

Olivia se quedó sin palabras, así que hizo una reverencia.

Charles dejó a Liat en el suelo y se acercó a su anfitrión.

—Lord Stamford, os agradezco vuestra hospitalidad. La belleza y la paz de Blackthorne me han aliviado el alma.

Quenton se inclinó.

—Nada me hace más feliz, majestad.

El rey se acercó un poco más y bajó la voz.

—Me he despedido de Bennett. Estoy un poco preocupado.

—Sí. Yo también.

—Parece haber olvidado nuestra apuesta por completo.

—¿Nuestra apuesta?

—No finjáis haberla olvidado. Ambos me debéis mil libras. A menos que queráis que las dos damas hermosas me acompañen a Londres.

Quenton le entregó una bolsita llena de monedas.

—Dos mil libras, Repeluz. Espero que os pese mucho durante el camino de vuelta.

Charles se rió a carcajadas.

—Cuidaos, amigo mío. Y mantenedme informado sobre... ese pequeño asunto.

—Sí.

El rey se dio la vuelta y fue ayudado a montar en el carruaje. Al entrar levantó la vista. Bennett y Minerva lo observaban desde una ventana.

Charles los saludó con la mano.

Entonces el coche empezó a moverse y el personal de Blackthorne se deshizo en aplausos y ovaciones. Aquel sonido lo acompañaría durante el largo camino de vuelta a Londres.

Veinte

Olivia y Liat fueron a dar un paseo por los jardines y se encontraron con Quenton, absorto en sus pensamientos.

—Perdonadme, milord. No era mi intención molestaros —ella siguió andando, pero él la detuvo.

—Por favor, quedaos.

Olivia se sentó en una roca y Liat salió corriendo por la senda.

—Esperaba encontrar a Bennett con vos.

—Estoy preocupado por mi hermano —Quenton miró hacia una ventana del piso superior—. Cuando lo dejé estaba muy pálido. Creo que está volviendo a recaer. Ojalá supiera cómo llegar a él.

Olivia puso su mano sobre la de él.

—Una vez llegasteis a él con amor. Podéis volver a hacerlo.

Él trató de sonreír.

—Oh, milady. Ojalá tuviera vuestra fe.

Ambos levantaron la vista al ver acercarse a Pembroke, en compañía de un joven vestido con una polvorienta capa.

—Un mensaje para usted, milord —anunció el mayordomo.

El joven dio un paso al frente y le entregó un pergamino a Quenton.

—Decidle a la señora Thornton que le prepare algo de comer al muchacho —le dijo a Pembroke tras leer el mensaje—. Y preparad mi caballo inmediatamente.

—Sí, milord.

Quenton tomó la mano de Olivia.

—Perdonadme. Tengo que ir al pueblo.

Un rato más tarde, Olivia oyó los cascos de un jinete que partía al galope.

Se sentó a la luz del sol y escuchó el silencio que pesaba sobre Blackthorne.

—¿Estáis seguro de que estas cifras son correctas? —en el bar del pueblo, Quenton miraba por encima del hombro del abogado del bufete de Londres.

—Sí, milord. Yo revisé cada columna de estos libros de cuentas personalmente. Las cifras son correctas.

—¿Os dais cuenta de lo que esto prueba?

El abogado asintió. Su mirada era seria.

—Deberíamos haber descubierto estos errores antes, pero el ladrón era muy bueno. Nuestra firma sacará provecho de esto. Es nuestro deber ganarnos y mantener la confianza de nuestros buenos ciudadanos. En cuanto al sinvergüenza que hizo esto, será descubierto y tendrá que pagar por lo que ha hecho.

—Sí, pagará —Quenton sacudió la cabeza y fue al establo.

Una cómoda cama le esperaba en Blackthorne, pero antes de dormir tenía que mandar un aviso a Charles. El monarca se quedaría de piedra al enterarse de la noticia.

Quenton no dedicó más que una mirada fugaz al joven que estaba vaciando un cubo de agua.

—Ensillad mi caballo, muchacho. Te pagaré el doble si lo haces en un abrir y cerrar de ojos.

—Sí, milord.

Quenton se dio la vuelta, dobló el informe con sumo cuidado y lo guardó en un bolso de cuero que llevaba bajo la capa. Unos pasos lo alertaron del regreso del chico del establo. Al volverse vio una mano que blandía un mazo. La falta de sueño hizo fallar sus reflejos y Quenton tuvo que agacharse para esquivar el golpe, pero el impacto le rozó un hombro. Se cayó, rodó sobre sí mismo y subió los pies para agarrar al agresor, que cayó sobre las rodillas. Ambos rodaron en el suelo, asestándose golpes sin parar. De pronto apareció otro hombre y se unió a la refriega. En la mano llevaba un cuchillo.

—Sujétalo, idiota, y yo acabaré con él.

Quenton le dio un puñetazo en la cara y un hueso crujió bajo sus nudillos. El individuo lanzó un alarido de dolor y se puso en pie. Antes de poder incorporarse, Quenton sintió un golpe en la espalda. Un río de calor le recorrió la espalda, seguido de un dolor insoportable. Le cedieron las rodillas y se tambaleó durante un instante antes de caer desplomado. Ya en el suelo, sintió una mano por dentro de la capa.

—Aseguraos de que está muerto —dijo una voz familiar desde muy, muy lejos.

—No vamos a quedarnos para comprobarlo. Si no está muerto, lo estará muy pronto. Hundí el cuchillo hasta la empuñadura. Vamos, hemos hecho nuestro trabajo. Dadnos nuestro dinero.

—Tomadlo y largaos. Si vuelvo a ver vuestras caras por Cornwall o Londres, estáis muertos.

—No os preocupéis por nosotros, su señoría. No vamos...

La voz se cortó de golpe. Se oyó un quejido y un peso pesado cayó al suelo Al caer inconsciente, Quenton oyó una risita nerviosa y el sonido de unos cascos que se alejaban. Y entonces sólo quedó la oscuridad.

Olivia y Liat habían pasado horas persiguiendo mariposas en el jardín. Cuando por fin cayeron exhaustos sobre la hierba, Liat reprimió un bostezo.

Olivia le sonrió con dulzura.

—Creo que es hora de dormir la siesta.

—Sí, señorita —la tomó de la mano y juntos fueron hacia la puerta—. ¿Creéis que lord Stamford estará de vuelta cuando me despierte?

—Eso espero. No te preocupes, Liat —le dijo al ver su expresión seria—. Volverá pronto.

—Sí —él le ofreció su mejor sonrisa.

Ya en la habitación, Olivia ayudó a desvestirse a Liat y lo arropó con las mantas.

—¿Creéis que lord Stamford podría enseñarme a jugar a las cartas esta noche después de cenar?

—Creo que sí. Y cuando Bennett se sienta mejor, tal vez juegue con vos —le dio un beso en la mejilla—. Ahora descansad. Volveré después de ver a Bennett.

Acompañada de Thor, caminó por el largo pasillo hasta la habitación de Bennett. La quietud de la casa era como un bálsamo después del caos de los últimos días. Olivia llamó a la puerta y entró sin más. Él estaba sentado junto a la ventana, admirando los acantilados.

—¿Cómo os encontráis, Bennett?

El joven ni siquiera la miró. Olivia se volvió hacia Minerva y ésta sacudió la cabeza con tristeza.

La joven cruzó la habitación y le puso una mano en el hombro.

—Si os gusta sentaros aquí, ¿por qué no dejáis que Minerva os llevé hasta otra ventana, donde podáis admirar los jardines? ¿No sería más agradable que contemplar los acantilados?

Bennett se estremeció y Olivia se arrodilló a su lado, tomándole de la mano.

—Oh, Bennett. ¿Qué ocurre? ¿Qué es lo que no podéis decirnos?

Sus ojos estaban tan llenos de dolor que Olivia tuvo que esquivar su mirada. Al incorporarse, le dio un beso en la mejilla.

—Si me necesitáis, estaré en mis aposentos.

Al salir de la habitación miró a su alrededor y se dio cuenta de que Thor ya no estaba. Mientras caminaba por el pasillo tuvo la sensación de que alguien la observaba.

Olivia se dio la vuelta, alarmada, pero no había nadie. Intentando mantener la calma, Olivia entró en su habitación. El aire estaba helado y en el hogar sólo quedaba un puñado de ascuas. Los sirvientes tenían derecho a descuidarse un poco después de tanto ajetreo. La joven arrojó un tronco al fuego y observó serpentear a las llamas sobre la corteza.

Tiritando de frío, Olivia fue al dormitorio y se puso un chal. Al cruzar el umbral, vio un pergamino enrollado sobre la cama. Intrigada, lo abrió y leyó el mensaje.

Os dije que un día os tocaría pagar. Ese día ha llegado.

Firmaréis este documento inmediatamente y lo llevaréis a los acantilados. Id sola. Si no obedecéis, seréis responsable de la muerte de Liat...

—¡Liat! ¡Oh, Dios santo! —exclamó Olivia y corrió a la habitación del niño.

La cama estaba vacía y las sábanas estaban revueltas. En el suelo, justo al pie de la cama, había varias gotas de sangre.

Con el corazón en un puño, Olivia agarró una pluma y firmó el documento, que estaba fechado a día de la muerte de sus padres.

Pero nada importaba ya. Nada excepto Liat...

No había nadie para ayudarla. Los soldados del rey estaban lejos y Quenton se había marchado. Los sirvientes habían desaparecido.

Las garras del miedo se clavaron en su corazón y Olivia corrió escaleras abajo, suplicando que no fuera demasiado tarde.

Quenton se pasó una mano ensangrentada por los ojos para ver mejor. Los dos extraños que le habían atacado yacían a su lado, muertos. Había reconocido la voz del hombre que les había dado muerte. No era de extrañar que Wyatt Lindsey no quisiera dejar testigos.

Se arrodilló y sacudió la cabeza para aclararse un poco. La cabeza le daba vueltas y por un momento creyó que iba a devolver.

Tendría que haber previsto una cosa así. Tendría que haberlo visto venir. Se había obsesionado tanto con encontrar pruebas que le inculparan, que no había visto el peligro, dejándolos a merced de un loco.

¡Olivia...!

Ella estaba en peligro.

Quenton apretó la mandíbula para aguantar el dolor y se puso en pie, agarrándose al pasamanos de la cuadra. De alguna forma consiguió montar en la silla e, inclinándose sobre el lomo del caballo, lo hizo salir al galope. Aunque el dolor era insoportable, sólo había una cosa que lo hacía seguir adelante: Olivia en manos de ese loco despiadado, Wyatt Lindsey...

Bennett contemplaba los acantilados desde la ventana. De pronto vio a una mujer corriendo contra el viento. El dolor del recuerdo fue tan intenso que Bennett tuvo que cerrar los ojos. Estaba ocurriendo de nuevo.

Los demonios habían vuelto para atormentarle. Pero... abrió los ojos. No estaba soñando. Estaba despierto, y la pesadilla no había terminado. Allí estaba ella. La falda ondeaba en la brisa; su cabello bailando en el aire. Pero no era del color de los girasoles... Aquella no era Antonia...

Aterrorizado, Bennett miró a su alrededor buscando a Minerva. ¿Qué le había dicho ella? ¿Qué le había susurrado antes de abandonar la habitación? No la había escuchado.

A pesar de amarla desesperadamente, la había echado de su mundo, como a todos los demás. Minerva había ido a ir a buscar té y galletas...

Estaba completamente solo y no podía impedir que Olivia tuviera el mismo destino que Antonia.

Lleno de frustración, dio un golpe contra la silla y la sintió moverse hacia delante. Volvió a golpearla y la silla avanzó un poco más. Así, poco a poco, se abrió camino por el pasillo. En lo alto de las escaleras, abrió la boca para gritar pero no pudo emitir sonido alguno. Miró hacia abajo y pensó en cuántos huesos se rompería antes de llegar el suelo. No importaba en absoluto. Nada importaba excepto pedir ayuda...

Bennett apretó los dientes y se arrojó escaleras abajo

Olivia podía verlos. A pesar del viento que le alborotaba el pelo, podía ver a Wyatt en lo alto del acantilado, sujetando a Liat de la mano.

Al acercarse un poco, vio el terror en los ojos de Liat. Wyatt reía a carcajadas.

—¿Habéis firmado? —gritó en medio del estruendo de las olas y el aullido del viento.

—Sí —Olivia le mostró el documento y el viento estuvo a punto de arrebatárselo.

—Tened cuidado, prima. Si lo perdéis tendría que

soltar al chico y el viento lo arrojaría por el acantilado antes de poder salvarlo.

—¡No...! —exclamó Olivia aterrorizada—. Por favor, no le hagáis más daño.

Él arqueó las cejas.

—¿Y qué significa eso?

—Por favor. He visto la sangre.

—El muy travieso me mordió.

Olivia sintió un gran orgullo ante el coraje de su pupilo.

—Acercaos —dijo Wyatt y dio varios pasos inseguros sobre las rocas mojadas.

—Os vi marcharos con vuestra familia. ¿Por qué regresasteis?

La sonrisa de Wyatt fue escalofriante.

—Ya os lo he dicho. Teníamos un asunto que resolver. Cuando descubrí la carta en la que reclamabais un informe del estado de vuestro patrimonio, supe que os había subestimado.

—¿Mi carta? —Olivia se quedó paralizada—. Pero nunca la envié. ¿Cómo podíais saber...?

Su sonrisa se volvió irónica.

—Tengo mis fuentes.

Olivia asintió. Siempre lo había sabido.

Edlyn...

—¿Cómo la convencisteis de que trabajara para vos?

—Fue fácil. Ella odiaba a lord Stamford —soltó una carcajada—. Por matar a su ama adorada.

—¿Y qué tiene tanta gracia?

—Ella estaba volcando su odio en el hombre equivocado. Quenton no mató a Antonia —su risa parecía salir de lo más profundo del infierno—. Fui yo.

Quenton y su caballo llegaron al límite. Wyatt se había vuelto más peligroso porque no tenía nada que perder. Los hombres desesperados tomaban medidas desesperadas.

Al llegar a Blackthorne saltó de la silla de montar y corrió escaleras arriba. Un silencio siniestro lo recibió. Miró en varias habitaciones pero estaban vacías. Corrió hasta una ventana para ver el jardín, pero también estaba desierto. Extrañado, estaba a punto de volverse cuando algo llamó su atención en lo alto del acantilado.

Se le paró el corazón.

Incluso a esa distancia podía distinguir los rasgos de Olivia, Liat... y Wyatt Lindsey. Un relámpago de furia le hizo correr escaleras abajo en dirección a los acantilados. No tenía armas, ni planes. Corrió, desesperado, para salvar a los dos seres que más amaba. Corrió, hacia el desastre.

—¡Oh, lord Stamford, gracias a Dios! —Minerva tenía las manos en carne viva, a fuerza de empujar la silla de Bennett sobre el suelo rocoso.

La joven cayó sobre sus rodillas.

—El señor Bennett ha enloquecido.

—Volved, Minerva —Quenton apenas se detuvo—. Llevad a Bennett de vuelta a la casa.

—Milord, miradle.

Quenton miró a su hermano y se sobrecogió. La sangre brotaba a borbotones de una herida en su cabeza. Tenía toda la cara cubierta de sangre, y también la camisa.

—¿Ha sido Wyatt? ¿Te ha atacado ese monstruo?

Bennett sacudió la cabeza al tiempo que gesticulaba como un loco.

—Milord, se tiró por las escaleras para llamar mi atención. Y cuando finalmente me di cuenta de que quería ir a los acantilados, no pude negarme, aunque pareciera imposible llegar.

—Sí —Quenton puso una mano sobre el hombro de su hermano—. Lo entiendo, y te estoy agradecido. Quédate aquí, Bennett. Yo la salvaré. O moriré en el intento.

Olivia se acercó, sosteniendo el documento con una mano.

—Tomadlo, Wyatt. Eso es lo que queréis. A mí no me sirve para nada.

—Pero lo habéis entendido todo. ¿No? Tenéis una mente privilegiada.

—No he logrado entenderlo todo, pero supongo

que no debo de estar en bancarrota puesto que estáis tan desesperado por haceros con el control de mi patrimonio.

—Nada más lejos, primita. Cuando conseguí el empleo en el bufete de vuestro abogado, me propuse averiguarlo todo sobre vos. Cuando mi bufete fue encargado de hacer llegar el estipendio del rey y el título nobiliario a vuestro padre, yo me ofrecí a ser el mensajero.

—¿Pero por qué? No necesitabais más títulos, Wyatt. Y el estipendio no debía de ascender a más de unos cientos de libras.

—Y una hermosa casa en Oxfordshire —él asintió—. Yo hice que vuestros padres lo pusieran todo a mi nombre antes de... sufrir ese desafortunado accidente.

Olivia retrocedió ante el horror que le produjeron aquellas palabras.

—¿Vos los matasteis? ¿Vos los matasteis por una miseria?

—Ah, pero toda esa miseria resultó ser toda una fortuna. ¿Sabéis que soy uno de los hombres más ricos de Inglaterra? Y muy pronto, gracias a nuestro empobrecido monarca, también seré poderoso.

Miró más allá de Olivia y se echó a reír al ver que Quenton se aproximaba a toda prisa. Bennett y Minerva iban tras él, a unos metros de distancia.

—Bueno. Qué bien. Parece que han llegado todos los personajes.

—¿Personajes? —Quenton se detuvo para recuperar el aliento y miró a Olivia para asegurarse de que no estaba herida.

Liat tampoco parecía haber sufrido daño alguno.

—¿Creéis que esto es una gran novela, Wyatt?

—Sí. La vida es una gran novela. Eso lo aprendí de mi madre. El hombre que gana la mayor fortuna es el protagonista, mientras que los otros viven sólo para servirle —su mirada era triunfal—. El chico me ha servido para conseguir lo que quería.

—¿Y qué quieres, Wyatt? —Quenton podía ver la locura en sus ojos, en su voz.

—Todo lo que tenéis, lord Stamford. Todo.

«Hay alguien que desea todo lo que amáis... alguien que desea todo lo que amáis... todo lo que amáis...».

Las palabras de aquella pitonisa jamaicana volvieron a Quenton como un eco del pasado.

—Empezaré con el chico.

Wyatt lo sacó de su ensoñación.

—¡Wyatt! —exclamó al tiempo que Wyatt arrastraba al niño al borde del precipicio—. Hay algo que debéis saber.

—¿Y qué es?

—No hay necesidad de hacerle daño al niño. No es mío.

—¿No es vuestro pequeño bastardo? ¿Y de quién es entonces?

Quenton apretó los dientes, negándose a aceptar la verdad.

—Es vuestro hijo, Wyatt. Su madre, en su lecho de muerte, me pidió que cuidara de él.

Wyatt se quedó inmóvil, incapaz de reaccionar. Y entonces su sorpresa se convirtió en ira.

—La furcia jamaicana, Mai, no fue más que un momento de diversión para mí. No esperaréis que reconozca a su bastando.

Olivia estaba horrorizada.

—Por favor, Wyatt. Si Quenton dice la verdad, mataríais a vuestra propia sangre.

—Eso no me importa.

—Entonces pensad en esto. Si es cierto, Liat también es mi primo. Si no le dejáis ir porque es vuestro hijo, hacedlo porque él lo es todo para mí. Haría cualquier cosa por él.

El brillo de la locura parpadeó en los ojos de Wyatt.

—¿Cualquier cosa?

Olivia asintió.

—Entonces venid hasta aquí y ocupad el lugar del chico.

—No lo hagáis, Livy —el grito desgarrado de Quenton cortó el aire—. Sabéis lo que os hará. Os amo demasiado. No podría soportarlo otra vez.

Wyatt rió como una hiena.

—Oh, menudo dilema. ¿Veréis cómo arrojo al chico a las olas, querida prima? ¿O cambiaréis vuestra vida por la suya, sabiendo que Quenton Stamford nunca volverá a ser feliz?

Olivia se volvió hacia Quenton.

—Por favor, entendedlo. Os amo más que a mi propia vida, pero no puedo ver cómo le hace daño a Liat.

Al verla dar un paso adelante, Wyatt soltó una carcajada triunfal.

—Y ahora, lord Stamford, tendré todo lo que amáis, Olivia. Antonia.

—¿Antonia?

Quenton se quedó estupefacto.

—¿No lo sabíais? Oh, esto es tan divertido. Estuve aquí ese verano.

—¿Aquí?

—Pensé que lo sabíais, lord Stamford. Soy el dueño de Duncan Hall, que está muy cerca de aquí.

—No puede ser. Es propiedad del conde de Lismore.

—Sí, y yo lo compré después de su... inesperado fallecimiento. Y después, mientras surcabais los mares y visitabais a vuestros campesinos, yo estuve muy ocupado seduciendo a vuestra encantadora e inocente esposa.

Quenton permanecía inmóvil, pero su mirada daba escalofríos.

—Me llevó mucho tiempo y paciencia. Ella no colaboraba demasiado, pero cuando conseguí mi propósito, ella albergaba tantos remordimientos que había que... silenciarla antes de que revelara la verdad —Wyatt sonreía como si se tratara de una mera transacción comercial—. Claro que el joven Bennett complicó las cosas. Él nos vio aquí y trató de venir en su ayuda —sacudió la cabeza—. No sé cómo sobrevivió. Pero hubiera sido mejor que hubiera muerto. Si fuera hermano mío, lo habría liberado de esa agonía hace mucho tiempo.

Soltó a Liat y agarró a Olivia por la muñeca.

—Y ahora lo tengo todo, y nadie creerá vuestra historia. ¿Lo veis? Saludé a la multitud al partir rumbo a casa. Cientos de personas darán fe de ello. Y mi familia jurará que estaba con ellos, a punto de llegar a Londres.

Quenton sabía que ese hombre estaba totalmente loco. Se puso delante de Liat.

—Olvidáis una cosa. Yo lo sabré, Wyatt. Y no descansaré hasta haceros pagar por ello.

—Vos —los ojos de Wyatt se velaron, llenos de odio.

—Debería haberme asegurado de que estabais muerto antes de venir aquí. Pero no volveré a fallar. Cuando haya terminado con vuestra dama... —sacó una pistola—. Os permitiré acompañarla sobre esas rocas de ahí abajo. Junto con esa sirvienta y ese pobre hermano tullido.

—Entonces hacedlo —Quenton dio un paso al frente, decidido a dar la vida antes que ver morir a Olivia.

Por el rabillo del ojo, vio levantarse a Bennett, y por un instante creyó que encontraría la muerte.

Entonces concentró toda su energía en Olivia. La agarró de la mano y tiró de ella, liberándola de Wyatt. La joven gritó.

Después oyó el terrible estruendo de un disparo al tiempo que una bola de plomo le atravesaba el hombro, haciéndole tambalearse hacia atrás. Oyó un alarido que sonaba como los lamentos de Bennett en mitad de la noche. Y oyó el aliento de Wyatt al ser arrojado a los acantilados por sorpresa.

En su espalda asomaba la empuñadura del cuchillo de Bennett.

Quenton y Olivia se volvieron. Bennett seguía de pie, con la mano levantada. Entonces cayó de rodillas y se desplomó en el suelo. Quenton abrazó a Olivia y a Liat, y un lamento escapó de sus labios.

—Gracias a Dios. ¡Oh, gracias a Dios! —exclamó.

Entonces, como su hermano, Quenton cayó al suelo lentamente. Olivia dio un grito al ver que tenía la espalda de la camisa, los pantalones y las botas empapados en sangre.

Veintiuno

—Señora Thornton —dijo Pembroke.

El ama de llaves estaba sentada en una silla de la biblioteca.

—¿Qué ocurre?

—Nada —la señora se sopló la nariz y volvió a guardar el pañuelo.

—¿A qué se deben esas lágrimas? —se arrodilló delante de ella.

—No. No. Se me ha metido algo en el ojo —pestañeó con rapidez.

—Adelante. Llorad. Habéis pasado mucho últimamente, ayudando a la señorita St. John, cuidando de lord Quenton.

—Sí. Yo creí que moriría, pero miradle ahora.

Pembroke asintió.

—Y vos también le habéis echado una mano a Minerva cuidando del señor Bennett, enseñándole a andar y a hablar.

El ama de llaves asintió.

—Esa joven es increíble. Tiene tanta paciencia, tanto amor. Y el joven Bennett está haciendo muchos progresos.

—Sí. Y ahora el rey y su comitiva han vuelto y tenéis que preparar las bodas. Es demasiado.

Ella sacudió la cabeza.

—En realidad no. Todo el mundo ha trabajado mucho. Sobre todo Edlyn. Desde que averiguó la verdad sobre ese villano de Wyatt Lindsey, y descubrió que le había mentido sobre lord Stamford durante todos estos años, es otra persona.

Pembroke sonrió.

—No me lo podía creer cuando pidió ser la doncella de Minerva después de su boda con el señor Bennett.

—Sí. Yo nunca he visto tanta dedicación. El personal no hace más que hablar de la generosidad de lord Stamford al dejarla quedarse después de haberse enterado de que llevaba todos estos años informando a Lindsey a cambio de dinero. Incluso admitió haber hecho entrar a Thor en el armario con un hueso, aunque no habló de los perversos motivos de lord Lindsey.

El mayordomo sacudió la cabeza.

—¿Cómo iba a saber qué pensar? Lady Antonia estaba muy alterada y le había dicho a su doncella que tenía algo terrible que confesar a su esposo. Algo que le causaría mucho dolor. No era de extrañar que Edlyn pensara que lord Stamford había montado en cólera y matado a su esposa.

—Sí. Sobre todo cuando el malvado lord Lindsey siguió alimentando su odio todos estos años —la señora Thornton suspiró—. Me alegro de que todo lo malo haya quedado atrás. Ahora Blackthorne volverá a ser un hogar feliz.

Pembroke se puso de pie y le dio un abrazo.

—¿Y por qué llorabais?

Ella se encogió de hombros.

—Supongo que soy una anciana sensiblera. Las bodas siempre me emocionan.

El mayordomo no pudo ocultar la sonrisa.

—Me encanta cuando os enojáis, Qwynnith.

—¿Ah, sí? No puedo evitarlo. Las palabras saltan de mi boca.

—Sí. Así es —Pembroke carraspeó—. Lo último que deseo es ser la causa de vuestras lágrimas, pero estaba pensando que yo podría... que vos podríais... que podríamos...

Ella le dio un palmadita en el hombro.

—Vamos, hombre. Basta de tartamudear. Decidlo de una vez.

Pembroke se sonrió. Entonces respiró hondo y lo volvió a intentar.

—Qwynnith, sería un gran honor para mí que fuerais mi esposa.

La señora Thornton se quedó paralizada durante un minuto, con el rostro blanco. Aquello no era lo que ella esperaba oír.

—Lo siento, Qwynnith. Os he hecho llorar de nuevo.

—Sí. Acabáis de hacerlo.

Entonces se arrojó a los brazos del mayordomo, llena de emoción y alegría.

—Bueno, viejo amigo —Charles estaba sentado en una pequeña habitación a un lado de la capilla de Blackthorne.

Quenton iba de un lado a otro.

—Qué rara es la vida. ¿Quién hubiera creído que Q destaparía tantos secretos oscuros? ¿Qué tal sienta descubrir que sois uno de los hombres más ricos de Inglaterra?

Quenton sacudió la cabeza.

—Aún no me he hecho a la idea. Sabía que el patrimonio de mi abuelo era grande, pero no sabía a cuánto ascendían los intereses. Té en La India. Diamantes en África. Incluso comerciaba con las colonias de New Amsterdam, y parece que el negocio va bien.

El rey soltó una carcajada.

—Hacéis bien en casaros con vuestra preciosa

institutriz antes de que los solteros de Inglaterra conozcan su fortuna. Cuando una mujer es tan bella, y tiene una buena dote, le llueven los pretendientes.

Quenton se detuvo y sonrió.

—No voy a dejarla escapar. No después de luchar tan duro por ella.

Charles abrió los brazos.

—Ah, qué bien sienta estar de vuelta en Cornwall. Y me encantan las bodas. Pero me hubiera gustado que me hubierais dejado traer al arzobispo de Londres.

—Bennett y yo preferimos al viejo párroco del pueblo. ¿Sabíais que ofició la ceremonia de matrimonio de mis padres?

—Sí. Ya me lo habéis dicho tres veces —Charles sonrió al ver que Quenton echaba a andar en sentido contrario—. ¿Acaso estáis nervioso?

—No. Sólo quiero acabar con esto. Creo que todos los pueblos y aldeas de Cornwall están vacíos. Todos están en esa iglesia, esperando a ver si olvido mi nombre o tropiezo en el altar.

—Os vendría bien. Así sabríais lo que es ser yo las veinticuatro horas del día —Charles sirvió dos copas de vino y le dio una a Quenton—. Tomad. Bebed un poco. Os hará bien.

Los dos amigos bebieron en silencio.

—Habladme de Bennett. Parece que su recuperación ha sido espectacular.

—Sí —Quenton sonrió—. Está decidido a llevar

a su prometida al altar. Puede que tenga que apoyarse en ella un poco, pero creo que lo logrará.

—¿Y el habla?

—Mejora poco a poco, y podrá hacer sus votos.

—Me alegro por él. Por ambos.

—Nadie está tan feliz como yo. He recuperado a mi hermano y a la mujer que adoro. Cuando creía que iba a perder a Olivia, me di cuenta de que es mi única razón para vivir. Sin ella, mi vida no tiene valor.

—Entonces habéis encontrado algo que yo no he encontrado todavía. No estoy seguro de encontrarlo. Os envidio, amigo.

Los dos hombres levantaron la vista al abrirse la puerta. Eran Olivia y Liat. La joven llevaba una tela bordaba sobre el brazo.

—Majestad —Olivia hizo una reverencia y fue hacia Charles, que la esperaba con los brazos abiertos.

—Milady —se apartó un poco para contemplar el traje de seda blanca bordado en oro.

Sobre el cuello de Olivia, brillaban los diamantes Stamford.

—Estáis maravillosa.

—Gracias, majestad —dijo Olivia, ruborizada—. ¿Y qué me decís de Liat?

El chico llevaba un bonito traje blanco y parecía estar tan nervioso como Quenton.

—Estáis espléndido, chico. ¿Tenéis los anillos?

—Sí, majestad.

—¿Y sabéis cuál es el de la novia de Quenton y cuál es de la de Bennett?

El chico se tocó los bolsillos.

—El de este bolsillo es de la tía Minerva y éste es para mamá.

—¿Mamá? Supongo que pronto me llamaréis tío Charles.

—¿Y por qué no? —dijo Quenton sonriendo—. Yo esperaba que fuerais su padrino en el bautizo. Ya es hora de iniciar a nuestro hijo en la fe de su rey.

—Será un honor. Pero sólo si accedéis a venir a Londres para que el arzobispo de Canterbury oficie la ceremonia.

Olivia se volvió hacia Quenton.

—¿Oh, amor, os importaría?

Él se echó a reír.

—Ahora mismo podríais pedirme lo que quisierais y os lo daría. ¿Queréis que os traiga la luna? Es vuestra. ¿Las estrellas? Tomadlas todas. Si queréis, recorreré los cielos para recogerlas todas.

Charles se desternilló de risa.

Entonces oyó la música.

—Supongo que debo hacer mi aparición ahora —Charles le dio un abrazo a Olivia y la besó en las mejillas.

A su amigo le ofreció la mano, pero los dos terminaron fundiéndose en un cálido abrazo.

—Que seáis feliz, amigo mío. Feliz por los dos.

—Sí —se dieron sendas palmadas en la espalda.

—Vamos, Liat —el rey tomó a Liat de la mano—. Vamos a prepararos para el desfile por la pasarela.

Olivia los vio marchar y se volvió hacia Quenton.

—Os he traído mi regalo de novia.

—Ya me habéis dado bastante.

Ella sacudió la cabeza.

—Pero esto es muy especial para mí.

Le ofreció una pequeña manta bordada.

—¿Es vuestro chal?

—No. Mi madre le hizo esta manta a mi padre cuando se casaron. Se cubrieron con ella todas las noches hasta el fin de sus días.

—Entonces lo guardaré con fervor, amor mío —puso los labios sobre la suave tela, y después besó las manos de Olivia—. Y estoy seguro de que nos traerá tanto amor como a ellos.

Lo puso en la mesa y miró a Olivia fijamente.

—¿Qué ocurre, milord? ¿Qué sucede?

—Nada, Livy. De pronto todo está tan bien.

Ella sonrió.

—Ya se oye la música, Quenton. Bennett y Minerva ya deben de estar avanzando por el pasillo. Tenemos que irnos.

—Un momento. Venid.

Ella fue hacia él y le rodeó la cintura con los brazos.

—¿Acaso dudáis, milord?

—¿Dudar? Oh, Livy —hundió el rostro en la

melena de la joven y respiró su aroma embriagador—. Nunca he estado tan seguro de nada en mi vida. Sólo quiero abrazaros un momento.

Permanecieron inmóviles durante un segundo, abrazados el uno al otro. Sus corazones latían al unísono.

—He estado pensando en nuestro viaje. A bordo del Prodigal. Así Bennett y Minerva podrían pasar un tiempo solos aquí en Blackthorne. Y los criados también tendrían un respiro. Tendríamos una excusa para escapar del invierno, y Liat podría volver a ver su tierra natal.

—¿Jamaica? —ella le miró a los ojos—. ¿Habéis dicho que queréis ir a Jamaica?

—Os gustaría, Livy. Un sol radiante, aire fresco, gente agradable...

Ella soltó una carcajada.

—No tenéis que convencerme, amor. Iría adonde quisierais. Por si lo habéis olvidado, soy una joven de pueblo que nunca ha salido de Inglaterra. Estoy deseando vivir una aventura, siempre y cuando sea con vos.

—Oh, Livy. ¿Cómo pude vivir sin vos?

—Muy mal. ¿Recordáis? Erais el villano sin corazón de Cornwall, un gran dolor de cabeza para vuestra ama de llaves, la cruz de vuestro mayordomo y... —Olivia vio un destello en sus ojos y lo tomó de la mano—. Vamos, mi pirata despiadado. Ya es hora de que alguien os haga entrar en cintura.

Juntos entraron en la capilla y tomaron asiento junto a Bennett y Minerva. De pronto, Olivia sintió el picor de las lágrimas. Quenton se volvió y la miró con ojos de amor incondicional.

Ella puso su mano en la de él y sintió la calidez, la fuerza, la ternura...

Llena de ilusión, Olivia dejó escapar un suspiro y se preparó para el resto de su vida. Aquélla iba a ser la mayor aventura de todas...

TÍTULOS DE LA COLECCIÓN

Amor interesado – Nicola Cornick

El jeque – Anne Herries

El caballero normando – Juliet Landon

La paloma y el halcón – Paula Marshall

Siete días sin besos – Michelle Styles

Mentiras del pasado – Denise Lynn

Una nueva vida – Mary Nichols

El amor del pirata – Ruth Langan

Enamorada del enemigo – Elizabeth Mayne

Obligados a casarse – Carolyn Davidson

La mujer más valiente – Lynna Banning

La pareja ideal – Jacqueline Navin

www.ingramcontent.com/pod-product-compliance
Lightning Source LLC
LaVergne TN
LVHW091624070526
838199LV00044B/924